你是这世界给我的情书

田晴 著

中国友谊出版公司

You're the
love letter from this
world for me

图书在版编目（ＣＩＰ）数据

你是这世界给我的情书 / 田晴著 . —北京：中国
友谊出版公司 , 2018.8

ISBN 978–7–5057–4437–0

Ⅰ.①你… Ⅱ.①田… Ⅲ.①故事—作品集—中国—
当代 Ⅳ.① I247.81

中国版本图书馆 CIP 数据核字（2018）第 161859 号

书名	你是这世界给我的情书
作者	田晴
出版	中国友谊出版公司
发行	中国友谊出版公司
经销	新华书店
印刷	北京鑫海达印刷有限公司
规格	880×1230 毫米　32 开
	8 印张　134 千字
版次	2018 年 8 月第 1 版
印次	2018 年 8 月第 1 次印刷
书号	ISBN 978–7–5057–4437–0
定价	42.00 元
地址	北京市朝阳区西坝河南里 17 号楼
邮编	100028
电话	（010）64668676

如发现图书质量问题，可联系调换。质量投诉电话：010-82069336

小时候，他们只要大哭起来，

天就会下雨，

于是他们就认为自己有超能力。

． ．

后来长大了，

为了让自己继续能有超能力，

每次下雨他们都会跟着大哭。

Contents

1 *Chapter One*   **你好，我亲爱的麦克斯**

愿后来的我们幸福安康。

······································ *p.001*

2 *Chapter Two*   **后来的他们**

他们故作老态，迫不及待地

想要展示自己有多成熟，像个大人。

······································ *p.027*

3 *Chapter Three* 哎哟，我是猫

人间很值得，人间有罐头。

.... *p.059*

4 *Chapter Four* 路途遥远，我们分开走吧

他问我，是不是一天三顿都吃炸酱面？

我摇头说不是，是一天六顿都吃炸酱面。

.... *p.111*

亲爱的你

5 *Chapter Five* 我在学习怎么去爱一个人。

.... *p.125*

6 *Chapter*
Six

你是这世界给我的情书

有生之年能和你遇见，使我兴趣盎然。

···································· *p.143*

7 *Chapter*
Seven

都是故事，都是旧途

我想慢慢喜欢你。

···································· *p.155*

Contents

1

Chapter

One

··

你 好 ，

我 亲 爱 的 麦 克 斯

··

&

愿后来的我们幸福安康。

1

我跟陆遥相识的过程说来有趣。

2013 年我买了两张莫文蔚演唱会的门票，准备给男朋友一个惊喜，却在买机票时发现历史订单里有他跟其他女性的票务行程。原来海景大床房就是"出差"，想必游乐场门票一定是"开会中"了，就这样，我 4 年的初恋感情狼狈收场。

我对此倒是没有太意外，我们的确真切相爱过，正因如此，我见过他眼睛里闪着的光，才更懂后来他眼睛里的灰暗。几年的朝夕相处足够摸清一个人的秉性，在对方下意识展露的行为里，那是爱情还是"食之无味，弃之可惜"，其实心里都明白，只是不愿意接受，非要耗出导火线求个死心罢了。

我从未后悔这段感情的开始，只是遗憾没能早点放开彼此。如果可以，我更希望每段感情的结尾是互相坦诚道别，爱的对立面不一定非要是恨，早日释然，只当是善待自己了。

我在网上发布演唱会转票信息，陆遥加了我的微信，我们的对话非常痛快，没聊几句便迅速完成了交易，丝毫没有怀疑对方会是骗子。

再次聊天大概是一年后吧，他很少更新朋友圈，以至于我都忘记了这个人的存在。某天看到他发了一双鞋子的照片，我随手回复道："巧了，同款。"

一来二去我们就聊上了，他说当初那两张门票本来是要跟女朋友一起去的，没想到第二天就分手了，最后还是拖着室友去听的。我告诉他，其实我当初转票也是因为失恋，而后我们不约而同地发出一长串"哈哈哈"。

You're the love letter from this world for me

谈论中得知他叫陆遥，在北京，21 岁，大三，在备考研究生。彼时，我在广州，23 岁，已经踏入职场两年。

说不上是自然而然还是故意为之，我们总有聊不完的话题，越是深入，越发现共同兴趣颇多，从音乐电影到脾气性格，我们总能跟上彼此奇异跳跃的思维，默契接上对方五花八门的涉猎领域，正确搭上那头随时递过来的信号，那种尽兴碰撞出来的火花比小时候过年看到的烟花好玩多了。

我总说一个人喝醉一个人清醒太无奈，两个人一起犯傻才有意思，说是王八遇上绿豆也好，相见恨晚、棋逢对手也罢，就像习惯了一个人穿着彩色布条孤独地走在黑压压的人海里，一抬头忽然看到迎面走来另一个穿彩色布条的人，相视一笑道："你怎么才来？"

某次聊到动画，我们几乎是同时提到《玛丽和麦克斯》，影片大致讲 8 岁的玛丽是个胖乎乎又有些抑郁孤独的小女孩，无意间跟 44 岁患有自闭症的麦克斯通过写信相识，这段跨越两个大洲的笔友的感情持续了 20 年，直至死亡。

那天我们决定重温一遍，看到最后我又哭得不能自已，陆遥问我有什么感觉，我抹着眼泪矫情地写了这样一段话：

我走你走过的路，看你看过的景色，终于见到最熟悉也最陌生的你，你闻起来果然如你所说，像甘草和陈旧的书。

我熟知这里的每个角落，就像我多年生活于此，我把按键放回打字机，看到永远也吃不完的巧克力，也看到天花板上贴满熨好的信纸，而你手里的表情识别册正是最炙热的欢迎。

我日思夜想千万遍的你，此刻我坐在你身边，握住你的手，却比 20 年前相隔两个大洲更遥远。

You are my best friend, you are my only friend.

（你是我最好的朋友，也是我唯一的朋友。）

ps：我带了一罐炼乳想要跟你分享。

pps：因为你，我原谅了世界，也原谅了自己。

ppps：也许这是我们最好的结局。

可陆遥却说："这个故事告诉我们网友见面要趁早。"

我被他气得哭笑不得，不过那时候我们都没料到，这句话后来竟一语成谶。

You're the love letter from this world for me

还有一次聊到南北方早餐文化，我们竭力推荐自己身边的美食，他每天变着花样拍油条、煎饼、豆腐脑等向我炫耀，我其实没有吃早餐的习惯，但还是坚持着咬牙起床吃早餐，同样给他拍肠粉、河粉、叉烧包……这个习惯被我们延续了很久。

后来有一次我们一起吃早餐时，我突然说"谢谢你啊"，后半句"我知道你是关心我的身体"还没好意思说出口，他便接过话："我也谢谢你肯配合。"

我们热衷于分享彼此平淡又迥然不同的日常生活，像是安全树洞和记事簿，可以肆无忌惮地袒露真实，当然，私心还是想让对方更了解自己一些。

也许旁人看来那个内向怯生、面无表情玩手机的小女生，在另一个世界却是开朗又腹黑的老师傅，这种反差感想想也挺有趣的。

我：

"今天看到同事挖完鼻屎随手蹭在椅子上面……"

"新来的经理很喜欢揉女下属的肩膀，我恨不得当场把椅子砸过去。"

"午餐时发现一家好吃的沙拉，减肥有望了！"

"上次我说想看的那部电影叫什么来着？"

"你看，我在小区楼下拍到一朵漂亮的花！"

......

他：

"传一首新歌给你，我猜你会喜欢……"

"刚在图书馆看到我对面的人抠完脚又撕开了薯片？！"

"在电影院看到我前排的男生发微信说'老婆我爱你'，然后锁上手机拉住了旁边女生的手……"

"本月第 10086 次忘记带饭卡出门……"

"我掐指一算，你那里今天会下雨，记得带伞。"

"在喝你推荐的饮料，隔空干杯！"

"北京下雪了，给你看。"

......

我曾问过陆遥他平时在生活里是什么样子，他说：

"普通人，尽量隐藏好我中东王子的贵族身份。"

"OK."

You're the
love letter from this
world for me

"挺无聊的一个人，每天两点一线，看书听歌看电影。"

"你这样怎么认识女孩子？"

"谈恋爱能比打游戏、看电影快乐？"

"好，你说得对。"

......

很不可思议的是，在我们聊了挺长一段时间后，还没见过彼此的照片。

我问他："你是怎么做到一年半载都不更新动态的，甚至连自己的照片都没发过？"

"没什么想说的，大老爷们儿也不爱拍照。"

"难不成是长得特别丑，不好意思拍照？"

"从加上好友到现在，你一直对我屏蔽朋友圈，你还好意思说？"

的确，要不是他说，我都忘了当初通过验证就顺手对这个"陌生人"屏蔽了朋友圈，后来想打开，又觉得不如留点神秘感更安全。

我笑嘻嘻地回他："不夸一下我的防范意识很强吗？"

"我连你奶奶家狗的名字、你们公司窗前有几棵树、你家楼下有什么好吃的餐馆都知道……你觉得呢？"

"可你并不知道我是谁，我们仍然是面对面擦肩而过都认不出来。"

他接过话茬儿："最熟悉的陌生人。"

我臭贫道："打笔巨款，系统自动解锁朋友圈权限。"

"笔巨款。"

"行吧，你知道我是白云区小曼玉就行。"

"本人朝阳区小范伟。"

"保持神秘，谁曝光谁是王八蛋。"

"好，保持神秘，谁曝光谁是王八蛋。"

不过这个神秘感并没有保持太久，因为我们开始通话了。

我去参加公司团建，免不了要喝些酒，其间陆遥突然问我电话号码，我顾不上问为什么，手指已经迅速把号码发了过去。喝到散场时我打字开始错别字不断，然后就接到一个归属地为北京的来电。

You're the
love letter from this
world for me

那头开口说：“你好。”

我想都不想地回道：“有多好？”

就听电话那头扑哧一乐：“挺好的。”

我趁着酒意，舌头僵硬地一字一字蹦出来：“千好万好，不如我好。”

他清了清嗓子继续说：“还不回家？”

“回，在打车。”

旁边路过几个要转场继续喝的同事，冲我喊着要不要一起去，我摆摆手，指着手机说：“不去啦，男朋友催着回家呢。”

我听到陆遥在那头又笑了：“打到车告诉我车牌，然后我挂掉电话给你发条语音，记得声音调到最大，用扬声器播放。”

确认我坐上车以后陆遥挂掉电话，不出两分钟我果然收到一条语音：“老婆，我下楼遛狗了，一会儿刚好在咱小区门口接你。”

司机师傅听完乐呵呵地说：“你老公对你很好啊！”

我附和客气几句，随即打开车窗透气，迎面吹来南方特有的湿热的风，那风一下子吹散了我长久以来的坚强和委屈，直吹进心窝里，暖到眯起眼不自觉地露出笑容，那风像是粉红色的。

那天晚上我用最后一丝理智跑回家，挨个发信息给同事和陆遥报平安，甚至还不忘给自己卸妆换好睡衣，但是我也不知道为什么做完这一切后，我还是在地上睡了一夜……

第二天醒来是被陆遥的电话吵醒的，我迷迷糊糊看了眼这个归属地为北京的陌生号码，便毫不犹豫地挂断，心想：讨厌，又是骚扰电话。

片刻之后我反应过来，记忆里的通话好像不是梦？

我跳起来立刻回拨过去，尴尬又不失礼貌地开口："你好？"

电话那头笑道："有多好？"

我一愣，随即也笑了。

不得不说陆遥的声音是惊艳的，清澈利落，即便是臭贫也不会让人感到轻佻，甚至连语速都拿捏得恰到好处，想夸他听他说话简直是如沐春风来着，又怕他会太骄傲。

我从小就对北方特有的儿化音迷之喜欢，一度缠着让他教我发音，有一次他问我在吃什么，我说"饺子儿"，他差点笑到鸡鸣，说这个梗他能乐一辈子。本来我是不理解讲错儿化音有什么搞笑的，直到有一次我听到同样是广东人的同事一本正经地说出"小汽车儿"才意识到有多搞笑。

扯远了，总之那以后我们习惯了语音通话，闲下来的时候就拨给对方。陆遥说第一次听到我讲话，还以为我喝多了才吐字那么慢，没想到平时也是慢条斯理的，加上声音又太软，所以就算我生气"慢悠悠"地骂脏话，也没什么气势。

平时没话讲的时候，我就打开音乐去工作或者打扫卫生，而他大部分时间是戴着耳机在图书馆，或走在去图书馆的路上，我问他："我的音乐声会不会太吵？"他说："不会，你的歌刚好都是我爱听的。"

也有时候，我们会伴着彼此的呼吸声入睡，我知道他某个舍友爱打呼噜，就像他知道我睡觉会频频翻身不老实一样。

尽管隔着网络，可两个人聊久了，难免感染对方的习惯，常用的表情或语气，抑或生活习惯，那些偶尔冒出的默契就像这个人真实生活在你眼前一样。

某天早上他突然问我："你昨晚睡觉刷牙了吗？"

我被问得晕头转向，他继续说："昨晚睡前没听到你开电动牙刷的声音，总觉得缺了点什么。"

我翻个白眼："昨天你睡得早，怕电动声音吵醒你，特地手动刷的。"

我其实挺鸡贼的，这点在陆遥面前几乎没有遮掩过，不过用他的话来讲："这不是鸡贼，是狡黠机智，你在这个尺度里尤其可爱。"

"我有时候很疑惑你到底是理科生还是文科生，不然怎么油腔滑调张嘴就来？"

"当然是理科，10 以内的乘法表你随便考，答不上来算我输。"

You're the
love letter from this
world for me

2

陆遥这人很是奇怪，平时贫得跟什么似的，但严肃认真起来又很有压迫感。他打破了我对一般理科男的固有认知，我总说他是矛盾极端的，像是身体里藏了多个人，那时候我脑子里给他的形象定义是：一个戴着黑框眼镜不修边幅的小胖子，面前摆着一沓沓《知音》《故事会》还有科研报告，跷着二郎腿边听相声边盘珠子，而另一只手却在网上搜索着最新款鞋子，看起来内向凶狠，但一开口便惊觉好听又够体贴，总之，画面怎么诡异奇特怎么来。

说到底，还是好奇他的样貌到底如何，直接问？我的矜持和骄傲不允许，更何况当初放话"谁先曝光，谁是王八蛋"的人也是我。

说到这儿，就不得不赞誉一下我上网冲浪十几年的经验，要知道，在如今的网络时代，只要一个女生有心，她甚至能翻出前前男友的前女友的现任男友的小学同学；在已知对方姓名和手机号的前提下，去微博、微信、QQ、人人网、支付宝、淘宝、百度之类的软件搜一圈，正常来说能获取的信息已经足够用了。

我问陆遥玩不玩微博，他说偶尔上去看一下新鲜事，我知道他喜欢大狗，便推荐他关注三个中等粉丝量的宠物博主，然后通过三个博主的最新粉丝交叉对比，如愿找到他的微博。

他的主页跟我想象中一样贫瘠，除了转发一些萌宠，就是鞋子和电影。我翻到最下面，敏锐地发现一张他几年前发过的街景图片，我从图片里的水印得知他曾使用的微博昵称，顺手搜到一个人发布过几张照片并@了他，按时间推算是他上高三的时候，照片里几个男生抱着篮球在合影，像素不高，但看得清是五个高高瘦瘦的男孩勾肩搭背在大笑着，我实在没有线索得知哪个才是陆遥，只好去套话。

"你戴眼镜吗？"

"不啊。"

"那你有没有染过黄头发？"

"没有啊。"

"在 9 和 12 中，必须选出一个你的幸运数？"

"9 吧。"

You're the
love letter from this
world for me

"黄色和红色的高帮球鞋，你更喜欢哪个？"

"非要选，就红色吧。"

我把那个撇嘴笑、吊儿郎当，身穿9号球衣、红色球鞋的男生截图发过去，并配了一个惊讶的表情。

那头半天没回复，直接拨来了电话，我接起来听到他还有些喘吁吁的声音："你从哪儿翻出来我高中照片的？"

我没直接回答："有那么惊讶吗？还特地从图书馆跑出来打个电话？"

陆遥笑起来："你呀，把这点小心思用在工作上，早暴富了。"

"没想到你高中长得还挺标致呢？"

"我现在更标致！"

"没图你说什么呢？"

"想看吗？给你算10块钱一张。"

"拜拜。"

最终陆遥还是把照片发过来了，我气到差点摔手机。一是因为他的长相真的人模狗样还不错；二是我觉得他跟我装了这么久的肥宅，可见人品不够诚信；三是，那大概是我突然很气自己竟然比他大两岁吧。

为公平起见，我精挑细选出一张自认为还算满意的近照，接着收到陆遥的消息说："你背后的栏杆修歪了。"

……

这件事至今仍高居在我人生羞耻的前三名，毕竟，见过女生修坏的照片四舍五入约等于见过她三天没洗头还素颜的样子了，我索性破罐子破摔，打开了朋友圈权限，而他也难得更新了朋友圈，这一更就是三张自己的照片。对了，我第二天醒来，还看到他在我几年前发的第一条朋友圈下点了个赞。

You're the
love letter from this
world for me

3

陆遥临近考试越来越忙，而我也处在工作上升期，我们忙得焦头烂额，每天说不上几句话，不过他还是习惯早上发条语音播报今日广州的天气，拍摄早餐的习惯也仍然被我们延续着，这种默契的规律感在无形中给了我很多安慰和鼓励。

禁不住我的再三追问，他终于给了我一个地址，我偶尔会寄些零食、营养品过去，却一直不肯给他我的地址，毕竟，他还是个没有经济能力的学生，而我也劝慰自己坚守住仅剩的互联网安全感。

兴奋的是彻夜畅聊时，是那天穿过车窗的暖言，还是习惯了他的温暖声线？或是看到他人模狗样的皮囊时？总之，我清楚意识到对陆遥的感情，渴望超越虚拟，却又惧怕现实，我想他也是如此，只是我们都默契地不去戳破。

进入职场的第三年，我迎来第一次正式升职，这一升就是连跳两级，一时间无法适应从执行到管理的身份，手忙脚乱，搞得上下级关系都紧张。终于在一次会议上爆发，我夺门而去，在阳台抽烟发呆时刚好收到陆遥的消息，我只说工作上遇到些烦心事，想静一下，他没有再多过问。

一小时后我接到外卖电话，说咖啡送到前台桌子上了，接着就看到满满一桌子足够全公司人手一杯的咖啡，我不确定地跟陆遥发了个问号，陆遥回复："到了？"

我问他是怎么知道我公司地址的，他说："只要有心，就像你能找到我高中的照片一样简单，也许我没办法帮到你，可是我希望你知道我在支持你。"

我已经记不得那杯咖啡的味道，却仍然记得那天我在阳台上一根接一根抽完半盒烟后，脑子里冒出来的一句话："完了，我真的栽了。"

那之后陆遥隔三岔五会搞些"突袭"，像嗓子发炎时收到送药的外卖，加班忙碌时收到晚餐，喊着要减肥的第二天就收到沙拉，不时的咖啡、水果、下午茶……不过，最惊讶的还是那束扎眼的花。为什么用"扎眼"这个词？因为那束花囊括了七八个品种，就像是一只张牙舞爪的彩色火鸡，陆遥笑嘻嘻地问："刺激吗？我精挑细选的。"

4

2016 年夏天，公司业绩连连上升，决定在北京和成都派驻小组，我本不在变动范围内却主动申请了调往。那里有我魂牵梦萦的人，不试一次，我又怎能甘心呢？我深知这个决定对我意味着什么，放弃现有的稳定生活去陌生的城市从头开始，可是一想到地图那端的人啊，去他的漂洋过海、披荆斩棘。

我悄悄准备着一切，说来怪不好意思，为了这个见面，那些美发、美甲、皮肤管理我一样没少做，从衣妆搭配到表情管理，甚至呼吸节奏都练习了不少次。

临行前，我装作无意地问陆遥："故宫、颐和园好不好看？"

陆遥像往常一样臭贫："故宫、颐和园都没我好看。"

我把机票的截图发给他："那我倒想看看了。"

接着他一个电话打过来："待多久？我去接你啊。想吃什么？想去哪儿？带你逛逛我的学校？"

陆遥啊陆遥，我窗外的风景交替了无数次颜色，上次说最喜欢的那件睡衣都穿到起球了，刚认识你时买的喜欢的口红如今第三管都快见底了，就连手机都换了两三代，我最喜欢的沐浴露用完了无数瓶，如今终于可以让你闻到了，我们终于可以面对面说一句"你好"。

如果你在下飞机前看到一个匆忙补妆又紧张兮兮的女孩，别笑啊，她可能是去见一个非常重要的人了。睡前想过无数遍初次见面的场景，是热泪盈眶或是拘谨羞涩，却没想到我们见面时他的第一句话是："你热不热啊？想不想吃老北京炸酱面？"他露出一个令人完全无法抗拒的笑容，顺手接过我的行李箱，熟络得像是昨天才见过面的老朋友，将我所有的忐忑、羞涩统统抹去。

路过便利店顺手拿起我爱喝的饮料，终于一起尝到第二杯半价的冰激凌，吃饭自然递过来我喜欢的辣酱，过马路把我护在身后的右侧，把酒言欢、促膝长谈的深夜，牵手带我走过从小到大生活的街道，各个景点下微笑合影，一起重温共同喜欢的电影……

我们在短短一周里，像是要把前两年的遗憾都补回来似的，我笑说不急啊，反正来日方长嘛，可陆遥却不接我的话，直到某天他在洗手间接完一通电话，突然对我坦白，他已经有女朋友了。

You're the
love letter from this
world for me

5

这两年我还是会断断续续想起那时候的碎片，那些我歇斯底里、狼狈可笑的质问：

"就算是先来后到，也是我先来的吧？"

"几年的了解却输给近水楼台？"

"是有多忙才能忘记告诉我，你有女朋友了？"

"明明只差了十几天。"

"明明你是爱我的。"

"明明你手腕上的发圈是我先套上的。"

当然也包括陆遥那句："只要你肯为我留下来，我不会走了。"

可是算了，我没有理由，我不要了，都过去了，算了。

偶尔我还是会重复做那个梦：自己赶飞机，空旷的城市只剩我一个人，害怕又着急，特别绝望无助，拼命跑向机场的方向，跑着跑着我长出了翅膀，但心里还是清楚地知道我要误机了，于是一边飞一边哭。只不过一直没好意思告诉你，梦里的航班是去见你，之所以会迟到，是因为我在家喝酒壮胆后忘记时间了。

对了，还有一个梦：我梦到你在我耳边讲话，醒过来发现我们只是在打电话。我告诉你刚才我梦到你了，话一说出口，我被自己的梦话彻底惊醒……空空的房间没有你，也没有什么通话。

也好。

终于不用整天抱着手机像养了个 AI 精灵，不用字字斟酌靠电波传递喜怒哀乐，不用在洗澡的时候急急忙忙擦手回消息，不用出门还背着厚重的充电宝。买中意的 T 恤和鞋子只要一份就好，不用再悉心记录我这里好看的、好玩的、好吃的，看天气预报再也不用多关注一个城市，第二份半价的冰激凌我能一口气吃两个，凑不够起送价的外卖索性减肥不吃了。

终于没了可以扰我心绪的人，挺好的，不然我总会担心会失去，说到底，不过是锁上手机屏幕罢了。

You're the love letter from this world for me

我觉得除了穷凶极恶的暴徒，普通人感情里没有绝对无辜的一方。人嘛，没有完美，说不好是谁的细枝末节先引起蝴蝶效应，若非要在最后分出个高低对错，才能让你心里舒坦些，我也赞成你。

· ·

谨以此，

献给我感情里所有的陆遥，

有幸在查令十字街 84 号相遇过一场，

愿后来的我们幸福安康。

· ·

你好，我亲爱的麦克斯

2

Chapter

Two

后 来 的

他 们

&

他们故作老态，迫不及待地

想要展示自己有多成熟，像个大人。

沉寂多年的小学班级群突然炸开了锅，因为闫南和陈依依要结婚了。之所以会炸，是因为群里至少有⅔的人在学生时代都暗恋过他或者她。

　　我把群消息截了一张图发给王漾，王漾回复："闫南告诉我了。"

1

　　1999年9月，我们小学一年级入校，闫南是第一个跟我讲话的人。

　　当时别的小朋友正在哭哭啼啼闹着要回家，放眼望去，整个班里只有我们俩表现得很平静。

于是他走过来问我："你不怕吗？"

我说："怕啥？"

他指了指站在讲台上，正敲着黑板擦整顿秩序的王老师，说："你没觉得她长得特别像葫芦娃里的蛇精吗？"

我摇摇头说："没觉得。"

然后他又说："蛇精以后可能会打死我们。"

我说："我大姨不打人。"

他听完扭头就跑了。

老师按身高排好座位后，闫南笑呵呵地坐在我旁边的位置说："你能跟你大姨说，以后别打我吗？"我对这个单眼皮男生没好感，所以在同桌的第一天，我就煞有介事地画了条三八线，开始跟他三天吵架、两天冷战，尽管这些大部分都是我单方面的情绪，他总是一脸笑呵呵懒得计较的样子，他越是这样，我就越生气。

You're the
love letter from this
world for me

2

时间飞快，眨眼我们就到了三年级。

新学期重新分座位那天，我突然意识到我的身高已经悄悄地蹿成了全班第一。这种不合群，在当时足以使我成为被全班同学嘲笑孤立的理由。

闫南还是那么矮，所以他能继续留在第一排。我狼狈地抱着所有书本从第一排搬到最后一排时，全班同学都在哄笑，我低着头，好像犯错一样手忙脚乱。

闫南伸手帮我提书包，却被我一把抢过来说了声"不用你管"，现在想来，我当时既是气自己，也是怨他没能陪着我一起长高。

从那天起我开始喜欢穿黑衣服，并且刻意驼起背，让自己看起来不会太扎眼。

很多年后我才知道，身高是优势，并不是犯错，但还是没能改掉爱穿黑衣服和驼背的毛病。

我原以为换了新同桌，我会很开心，同桌的男生叫张错。他跟闫南完全不同，他是全班最帅也是最调皮捣蛋的坏小孩。我总不自觉地拿他跟闫南做对比，闫南绝对不会允许自己的课桌这样脏乱；闫南的衣服总是干净得散发着清香，不像张错这么邋遢；闫南用的铅笔和橡皮都是两块钱一个的，不像张错连五毛钱的都不买，还整天抢我的用；闫南会画画，成绩也好，不像张错喜欢打架，成绩又差；闫南更不会像张错这样爱拽我的头发，给我起外号，气哭我。

我在饭桌上把这些告诉了我妈，然后就听到我妈打电话给我的班主任，也就是我大姨王老师，那是我第一次学会"没有教养""小绅士"这两个词。

越是对比，我就越想起闫南的好，我开始不自觉地留意曾经每天在我眼前晃却被我忽视的闫南，他穿了什么衣服，跟谁讲过话，这次成绩是第几名……

这种奇妙的感觉扰得我很是烦恼，我邻居的小姐妹说这就是喜欢，我起先强烈拒绝这种说法，后来觉得我对他的关注度好像只能用"喜欢"二字来解释，那好吧，我就是喜欢上闫南了。

You're the
love letter from this
world for me

3

班上不知道从什么时候传出了小道消息，说"闫南喜欢陈依依"。

陈依依是在三四年级的时候突然变得显眼起来的。她仿佛是一夜之间长开的花朵，白净小巧又漂亮，成绩优秀，性格安静，连讲话都轻轻柔柔的，任谁看了都忍不住想去保护她。

原来闫南喜欢这种女生啊，我站在洗手间看看陈依依，又看看镜子里瘦高蜡黄的自己，成绩一般，脾气不好，还会讲脏话……

我被这种相形见绌的感觉打入了谷底，将自己喜欢闫南的心事小心翼翼地藏好，生怕被人发现，笑我连喜欢他的资格都没有。

忘了是从什么时候起，班上开始流行注册 QQ 号，大部分同学家里没有电脑或者被家长严格把控着，大家只能趁着电脑课在机房某台可以上网的电脑上注册 QQ，然后幻想自己也能在网上遇到一个"轻舞飞扬"。

那些年我妈总是出差，没时间照顾我，也许是觉得我年纪小不用防备，所以家里的电脑连密码都不加，就放在我的卧室，这自然给我提供了无数的机会。她不在家的时候，我就正大光明地玩；她在家的时候，我就锁上门说要学习，然后继续玩。

有一年暑假，我以前用的 QQ 号被盗了，于是注册了一个新的账号。第一个加的就是早已背得滚瓜烂熟的闫南，他很快通过了验证，发来消息问我是谁，不知道是羞涩还是自卑，我打出自己的名字又删掉，来来回回好几次不敢发送。

我鬼使神差地编了一个叫"许忆"的名字发过去，发完我就后悔了，接下来怎么办？我为什么要撒谎？我怎么圆回去？

闫南很快回复道："不认识。"

也许我天生就有会撒谎的特长吧，我不假思索地回复道："你不是 ××× 吗？"

闫南："不是，你加错人了。"

我："不好意思啊，我以为你是我同学。"

闫南："你也是学生吗？"

我："我五年级。"

闫南："我四年级。"

我："你叫什么？"

闫南："我叫闫南，你是哪里的人？"

大概是联想到我妈那天正在北京出差，我回复道："北京。"

You're the
love letter from this
world for me

那时候，我怎么都没料到我会以"许忆"这个名字跟闫南一聊就聊了两年，直到小学毕业才结束。

我仗着对他几年的了解，轻而易举地攻破了他的心理防线，我们在虚拟的互联网世界里互相倾诉平时不能跟任何人讲的心事，这是在现实中谁都给不了的安全感。

我们承诺永远不索要对方的照片，一直保持神秘的吸引力，我甚至求我妈去北京出差的时候带上我，然后我从北京偷偷地给他寄明信片。我还记得明信片一面是北京老胡同的照片，另一面写着"祝你万事如意，平安喜乐"。落款是"挚友许忆"。

与此同时，现实中我留意到以前放学会去打篮球的闫南，现在一放学就着急忙慌地要回家上网，我甚至在收作业路过他课桌的时候，看到他的草稿纸上写满了"许忆"这个名字，就连他的橡皮上都刻着 XY。

然而，撒一个谎就要用无数的谎来圆，我渐渐发现这件事情超出我的可控范围。闫南是动真格地喜欢"我"了，因为他对我——准确地说是对许忆表白了，他说这是他第一次喜欢一个人，他说他准备以后考取北京的大学来找我，他说让我等他。

不知道是出于恐惧还是自责，抑或我突然发现，我那个时候好像不喜欢闫南了，便对他说："我在现实中遇到了喜欢的人，我们不要再聊天了。"

从那天起，我就真的几年都没有再登录这个 QQ，至于后来闫南一家人搬到了北京居住，他又试图在 QQ 里找过"我"，这些就是后话了。总之，许忆就这样彻底淡出了闫南的世界，再也没有出现过。

这件事情，我至今都没有跟任何人讲过，我将它列为我这辈子最大的秘密之一，因为我害怕承认曾经用如此无耻的方式伤害过一个小男孩的真心，尽管，那也是我的真心。

You're the love letter from this world for me

4

记不清到底是四年级还是五年级了，我一边以许忆的身份在网上跟闫南聊天，一边在现实里跟他一起加入了年级的美术特长班。因为是旧识，所以我们在特长班里选择座位又默契地靠近了，我一度把去美术班看作一件最幸福的事情，那时候怎么也没想到我后半辈子并没有跟许忆有关联，却跟美术分不开了。

叶然就是在那个秋天转学来的，我之所以清楚记得是秋天，是因为我当时患了季节性感冒，请假在家休养。

当我几天以后回到学校，发现班上多了两个人，还是一对龙凤胎。这对姐弟转学过来没几天就引起了轰动，一是因为身为龙凤胎，姐弟俩却截然不同，姐姐叶然漂亮到让人移不开视线而且极好相处，弟弟叶果却又丑又爱打架。二是因为他们家特别有钱，当我们要自己骑自行车上下学的时候，他们已经出入都有轿车司机接送了。

叶然长得也很高，所以她的座位就在我前面，当我走进教室发现我的座位附近围满了同学，他们蜂拥跟她聊天的时候，说实话是挺酸的，我不想跟她做朋友，因为这种人太耀眼了。

我一整天都没跟她讲话，就连她主动自我介绍都被我用眼神避过去了，同桌张错对她说："许诺就这样，跟谁都不讲话，特没意思。"叶然听完冲我们一笑便没再说话。

下午我照常去了美术班，刚走进教室就看到我的位置居然被叶然占着，老师对我解释道："叶然是新来的，刚好你前几天请假不在，所以位置就给她了，你随便找个位置坐下吧，我要上课了。"

那节课我一直心不在焉，我看着叶然跟闫南有说有笑地聊了一节课，如果眼神能放箭的话，我已经把叶然盯成一只刺猬了。

可我还是要承认，当时我心里还有另外一种感觉：这两人坐在一起也太般配了吧！就像拍电影似的。

闫南在那两年迅速地蹿起了个头，与此同时还有拔地而起的五官和精气神儿，成熟得不像个小孩子。他从不议论或排挤拥护任何人，无论对谁都像个优雅温柔的绅士，不管是衣品穿着还是行为举止，都成为大家争相模仿的风向标，他太奇怪了，因为他好像是个让人挑不出毛病的存在。跟他一比，我们这些同龄人太俗太幼稚了。而旁边的叶然呢，就像是经过有心人精挑细选后特地派来与他做搭配的一样。该怎样形容叶然呢？你们见过李嘉欣颜值巅峰时期的照片吗？叶然就像是短发版的她。

You're the
love letter from this
world for me

5

"不知道你们有没有遇到过这种人？他／她的光芒没有任何攻击，他／她优秀到你从来不会嫉妒，反而会让你心甘情愿去为他／她的完美锦上添花，哪怕燃尽自己只能成为他／她光亮路上的一粒花火，可这足以欣喜了。"

优秀的人会跟优秀的人成为好朋友，所以叶然和陈依依成为好朋友是必然的，这两个人乍一看属于完全不同的交友圈子，可是细一琢磨又会觉得她们是一类人。

那时候我把叶然列入了我第一讨厌的名单里，我认为讨厌一个人就要处处跟她作对给她添堵，所以我把所有的注意力都用来盯着叶然，这一度让我忙到没时间上网回复闫南。

我的生活除了吃喝拉撒和学习，就是盯着她看，我就像变态一样关注着所有与她有关的一切。不过我万万没想到的是，后来我发现——越看越喜欢这个人！

具体有多喜欢呢？有一天我听说她报了一个寄宿性质的辅导班，我二话没说就让我妈去报名了。

我罕见地露出主动想要学习的态度，我妈听闻欣喜若狂，她把我送进辅导班，亲手帮我铺好床，又带我去找校长阿姨寒暄了半天。当我报出我的学校和班级时，阿姨立刻说这里有我的同班同学，叫叶然，我心想：不然呢？她才是我来这儿的目的啊！尽管心里是这样想的，可嘴上还是高冷地说："不熟。"

我妈临走前买了两大兜零食，准备分给我同宿舍的人，当我走进宿舍的时候，第一眼就发现叶然也在这里，而且她的床铺竟然就跟我头对着头。

叶然见到我，惊喜地迎上来打招呼，我妈一听她跟我是学校前后桌，现在又头对头，不由分说地多塞了几包零食给她，然后又千叮咛万嘱咐半天才离开。

对了，我妈为了能跟我保持联系，还把她的旧手机留给我了，虽然是旧手机，可是这让我成为我校第一个拥有独立手机的"高端人士"，这个够我吹很久了。

而且，那一年我也是靠着这部手机才得以在 QQ 上继续跟闫南聊天。

You're the
love letter from this
world for me

自从跟叶然住在一起，我渐渐放下臭脸主动跟她讲话了，我们的亲密值飞速上升，从陌生同学一跃成为最好的朋友，我们几乎吃喝拉撒睡24小时在一起，因为每天开心地跟她一起，我几乎将什么闫南、陈依依、张错各种烦恼事，都抛到了脑后。

叶然比我大一岁，生日卡在巨蟹座和狮子座之间，性格也是如此，将强势但又不锋利的温柔展现得淋漓尽致。

我在她面前是跟任何人都不同的，无论何时何地，只要有她，我都会下意识地收起戾气，成为一只乖巧的猫，想要一直一直地撒娇看到她微笑。

特别喜欢一个人的时候，就会不自觉地模仿对方。叶然吃雪糕的时候，习惯把包装袋褪到雪糕棍上包着；叶然过人行道的时候，不管身边有没有人，都习惯将右手轻轻抬起做出保护的动作；叶然写作业的时候习惯转笔；叶然在非正式情况下喜欢在左上角签名；叶然习惯在所有书本的第一页写上自己名字的缩写字母 YR……

而这些习惯，至今都成为我的习惯。

6

2006 年我们终于小学毕业了，这一年发生了很多事情。

我随叶然一同考入外地一所封闭管理式的重点中学；闫南一家人搬到了北京生活；陈依依、张错还有叶果，以及大部分同学升入了本市的二中。叶然成绩比我好，所以分到了靠前的 1 班；我成绩一般，是靠着美术特长压线进来的，所以分在最后一个 8 班。她在一楼，我在三楼。

突如其来的中学生活让我非常不适应，为了跟上重点中学的课业，我每天上火流鼻血、嘴起泡。我平时不擅长与人交际，整个学期下来一个朋友都没有交到。

在这里我只有叶然，我的生活全部都是围着她转，这导致我变得敏感易怒，尽管我在她面前已经尽力压制，却还是会忍不住跟她耍耍小性子，每每这时，叶然就会摸着我的头说："好啦，帮你顺顺毛。"

学校规定我们每天早上 6 点起床，然后统一去操场跑五圈，我一般耍滑偷懒，只跑两圈。早自习就是我补觉的时候，下课铃一响，同桌就会把我摇醒。等我跑到叶然班上的时候，她已经拿好了我们俩的饭碗，然后我们会挽着手一起去食堂，她负责排队，我负责最后洗碗。中午下课我们吃完饭就去小卖部转一圈，看看有没有同学寄来的信件，或者偷偷给禁止带到学校的手机充一会儿电，抑或是去我混熟的医务室听广播、看闲书。晚上下课的时候是我们一天中最忙的时刻，我们需要在短时间内完成吃饭、洗澡、洗衣服这些事，然后再顶着湿漉漉的头发回到教室上两节晚自习。晚自习结束以后我们两个一起回到宿舍楼，随便收拾磨蹭一下就到了熄灯时间。至于熄灯以后，无论你是躲在被窝玩手机还是打着手电筒看闲书，都可以，总之必须要保证能在第二天早上 6 点准时起床，展开新的一天。

现在想想，那时候的生活可真是紧张严肃又刺激，学校的起床铃是《酒干倘卖无》，导致我现在一听这首歌就想发火，可最让我忘不了的是，每次我跟叶然挤在人群里找到彼此时露出的笑脸。

不知道是从哪天开始，我冲下楼就能看到叶然带着一群朋友在等我，我实在无法融入她的新朋友里面，她们聊的课业，我听着头大；我想聊的兴趣爱好，她们也听不懂。在她们眼里，我太叛逆差劲了。我曾跟其中一个女生发生过不愉快，她对我说："叶然愿意跟你这种人做朋友，肯定是可怜你。"

许是自卑心作祟，我转头就去问叶然对我到底是真心的还是怜悯，叶然听完扑哧一笑对我说："傻啊？你可是我最重要的人。"

叶然不管到哪儿都像小时候一样，是个闪着光的女孩，她总能吸引来很多好朋友和男生的爱慕，身边的追求者从来不断。

我曾问她："为什么不谈恋爱？"

她说："你不谈，我就不谈。"

"那我要谈呢？"

"那我就伤心咯。"

有一天晚饭后，我们共同的朋友来跟我求证叶然是不是谈恋爱了，我立刻自信地回道："不可能，我那么了解她。"

朋友说："可是，我看到她跟一个男生前几天晚饭后一起散步。"

我说："不可能，肯定是碰巧遇到同学聊了几句。"

朋友说："她昨天晚自习还陪那个男生去医务室输液了，这能有假吗？"

我顿了顿又说："不可能，可能是刚好路过，去打了个招呼。"

我心虚了，叶然根本没告诉过我有这样的男生出现，况且，我

You're the
love letter from this
world for me

知道她的性格，她不会轻易舍弃课业去陪护。

我越想越烦躁，索性趁着离上课铃响还有几分钟的时候跑去找她了。

我问她："你昨天晚自习去哪儿了？"

她依然笑着："写作业呗，还能去哪儿。"

我咄咄逼问："不是陪一个男生去输液了吗？"

她的表情突然变得有点尴尬："你怎么知道的？"

我火气一瞬间冒上来："我怎么知道？那就是真的去了吧？可你为什么不告诉我？到现在还想骗我？"

叶然见我生气，她也面露愠色道："我不用什么事情都跟你讲，我也有自己的生活。"

这时上课铃声响起，紧跟着的还有我止不住的眼泪，我扭头跑回了自己的教室。

我记得那天我哭了整整一晚上，从教室哭到被窝里，一直哭到睡过去，把身边的同学都吓坏了。她们帮我叫来生活老师，我只好捂着肚子，撒谎说生理期来了疼得太厉害。

这是我跟叶然第一次发生不愉快，我满脑子都是被欺骗和背叛的感觉，我也说不上来是背叛了友情，还是背叛了什么。

我跟叶然冷战的第二天，与她亲近的几个女同学就来班上找到我，质问我到底怎么惹到叶然了，她们说昨天叶然哭了一晚上，怎么哄都没用。

不等我开口，她们又态度强硬地要求我去道歉，我看她们是叶然的同学便压着火没发脾气，什么也没说转身回自己的座位了。

我们一直冷战了三四天，后来和好的方式还是她写了一封信托同学交给我，信上只有短短几句话："对不起，我不该骗你，也不该冲动说气话，我们和好吧！"

我看完信，下课后像往常一样去找她一起吃饭，她看到我突然过来愣了一下，随即我们相视一笑。

关于这件事，我们默契得谁都没再提起，就好像什么都没发生过一样。不过，我心里却有了忌惮，不再像以前那样整天追问她每天发生了什么事情，她不说，我便不问。她问我为什么变得不爱说话了，我只说是因为最近课业太累。

年少时情感总是很炽烈，一不小心就会灼伤到心里重要的人。那时候不懂个人空间和安全距离，还以为喜欢就是绝对的亲密，可对方说需要空间，那我就全部都放了吧。

You're the
love letter from this
world for me

7

我一直还有个心结，就是叶然和陈依依的友情，我对陈依依始终喜欢不起来。她的优秀不同于叶然，总给我一种刻意隐藏敌意的感觉。叶然在的时候她让我觉得她是屈尊，不得不与我相处，而叶然不在的时候她看都不看我一眼。

升入中学以后，她跟叶然一直有书信往来，但我向来不会过问。

平安夜那天，陈依依专程跑来我们学校探望叶然，那时候学生之间流行互赠苹果，我当时正在宿舍里学着给苹果扎蝴蝶结，然后听到舍友问我："跟叶然在一起的那个美女是谁？以前没见过。"

我扒着窗户往楼下看，才知道是陈依依来了，她们俩正坐在小卖部门口有说有笑的。

到了晚上，我拿着终于包好的苹果去送给叶然，叶然看到我的苹果，一拍大腿赶紧解释道："我一整天都忙着招待陈依依，忘记给你买苹果了。"

说不生气是假的，我坐在叶然宿舍的床上一边平和地说"没关系"，一边气得直抖腿。叶然挠着头憨气地说："我们分吃一个苹果，一起平平安安好不好？"这下我倒是被她的蠢样逗笑了。

寒假的时候，我们各自回家了，因为两家离得远，所以只能通过 QQ 或者电话联系。我有两次打过去电话，都是她妈妈或者叶果接的，他们告诉我叶然跟同学出去玩了，我立刻猜到是陈依依。

过年前，叶然家里给她买了一部手机，是最普通的只能接打电话、收发短信那种，不过她倒是很满意，说自己不喜欢研究那些乱七八糟的功能。

我们心疼电话费，所以只是每天睡前发短信聊聊天，而且我们一致认为发短信不凑齐 70 个字，都算是浪费了一毛钱，可是她打字慢，我每次都能在等回复的过程中睡死过去。

年三十那天我掐好了时间在 11 点 59 分的那一刻打电话给叶然拜年，却被提示正在通话中，我气得刚想冒火，就接到她打来的电话。

我："你 11 点 59 分在跟谁打电话呢？"

她："为什么你刚才是通话中？"

我们异口同声地问对方，愣了一秒后，又一起爆笑。

大年初三的早上，叶然打电话跟我说小学同学今天要聚会。

You're the
love letter from this
world for me

我躺在床上懒洋洋地说："不想去，不熟。"

叶然说："就猜到你肯定不想去，但是你不想见我吗？你数数我们都多少天没见面了？"

我一听这话，立刻打了个滚儿爬起来："一会儿见！"

我穿上过年新买的衣服和皮靴，将头发披下，像煞有介事地捯饬了一番，甚至还偷抹了一点我妈的口红，才美滋滋地出了门。

那时候新年氛围特别浓厚，街上挂满了红红火火的装饰，路人一个个冻得红着鼻头，脸上却难掩喜悦。我闻着新年特有的鞭炮火药味，一路走到约好的小饭店。

我到的时候，叶然还没到。张错冲上来跟我打招呼，伸手就想抓我的头发，我抬起脚冲着他说："你敢碰下试试？"张错龇牙一乐："哟，几天不见，小丫头长大啦！"

我没想到人来得这么齐，连闫南都来了，据说是一家人特地从北京赶回来过年的。他冲我笑着点了点头，我也微笑说："新年快乐。"

叶然和叶果一到又点燃一波气氛，男生女生们都围上去打招呼，叶然远远地在人群里看见我，冲我招手，然后用口型说"新年快乐"，我也学她用口型回道："新年快乐。"

等她走到我面前的时候，我们俩又相视一笑，然后给了对方一个大大的拥抱。还没来得及开口，陈依依就把叶然拽走急着入座了。

酒席宴前大伙儿热络地聊着各自的近况，有几个胆子大的男生点了几瓶啤酒，叶果不知道什么时候学会了抽烟，才刚老练地点起，就被叶然皱着眉伸手夺走了。

那顿饭吃得很是开心，这是我们人生中第一次同学聚会，我们故作老态，迫不及待地想要展示自己有多成熟，像个大人。

走出饭店前，叶然说要去趟洗手间，我站在门口等她，没想到陈依依冲我走过来了。陈依依还是那么好看，或者说更好看了。

我刚想开口跟她拜个年，没想到她却撇嘴冲我一笑说："你特别像个狐狸精，你知道吗？"

我被杀个猝不及防，只一愣便对她露出礼貌性的笑容说："你就是个大傻瓜，你知道吗？"我说完这句，叶然刚好回来了，她见我和陈依依正笑着聊天，便走到中间把手搭到我们两个的肩膀上，打趣道："哟，两个大美女聊什么呢？带我一个呗！"

You're the
love letter from this
world for me

8

初二刚开学的时候，我患上了慢性阑尾炎，因为爱美怕留疤，我强烈拒绝做手术，而且得了病，我就有理由正大光明地逃课了。

我每天逃掉晚自习，在医务室挂吊瓶，叶然隔三岔五请假来照顾我，我看漫画，她就在一旁写作业，时不时抬头看看我的吊瓶，问我要不要喝水、吃东西、上厕所，我说她像个老妈子，她听完歪头一笑，然后又俯身继续看书。

输完液她会把我送回宿舍，然后帮我打一壶热水回来，看我都料理好以后，她才放心走。

有一次我的肚子疼得厉害，吃了止疼药也不见效果，我见她在一边跟着紧张，就咬牙强忍着逗她："你帮我揉一揉，可能就会好了。"

她确实帮我揉了，只不过揉了没两下，她就睡着了。我看她睡着了，没忍心叫醒，后半夜她突然醒过来，因为担心被老师发现串宿会扣分，起身就想走，却被我拉住："怕啥，要扣就扣我的分，天塌了有我这个病号帮你顶呢。"

第二天老师果然没有发现，于是我就大着胆子留她又住过几次。那段时间啊，虽然疼，却是我最开心的时候。

9

有天晚上，我去叶然宿舍找她拿东西，赶上她下楼打水去了，我就坐在叶然的床铺上等她回来。

叶然的宿舍有个女生一直不喜欢我，正是之前曾与我发生过矛盾的那位。她拿着拖把在拖地，拖到我脚下的时候，我自觉地想把腿抬起来，我一抬腿，她一低头，不小心膝盖撞到了她的肩膀，我连连道歉。

她却不依不饶借碴儿跟我呛了起来，我懒得争执便起身要走，她像个泼妇似的扯住我的衣服尖着嗓子骂骂咧咧："别走啊，刚不是还敢打我吗？现在尿什么？变态！"

我回过头问："你骂我什么？"

她看着我说："变态！别以为我不知道你故意留宿叶然一起睡觉的事儿！变态！带着叶然不学好的变态！"

我被气得失去理智，对着她的肚子一脚踹了过去："看清楚，这才叫打你。"她一屁股摔到地上，立刻站起来哭喊着要去找生活老师，还试图冲过来打我。

我随手抄起她刚才用的拖把，用拖把棍径直朝着她抡去，她们

You're the
love letter from this
world for me

宿舍的人这时候才反应过来，一哄而上将我跟她拉开。

其他宿舍的人听到动静也都赶过来拉架围观，叶然这时候刚好提着水壶从楼梯走上来，她看到我被大家拦着，还挥着手脚在骂喊，立刻放下水壶跑过来，拼命地搂住我的腰将我带走。

这件事的后果就是叶然被扣光了生活分。

而我呢，鉴于我这两年的表现，再加上这次又打人被抓了个正着，学校决定予以劝退。

我妈接到消息后赶到学校，气得抬手要打我，还好被校长给及时拦下了。

10

我回家歇了两天，就被我妈拽到医院做了阑尾炎手术。

她说："刚好你最近也闲着，趁我联系好学校以前，赶紧切了。"我心想切就切吧，看在我做手术的分儿上，至少能堵住她唠叨的嘴，少骂我几句。

叶然在我回家以后就打电话给我了。因为那天走得太突然，看她还在上课就没去告别，她下课回到宿舍才知道我被开除的消息，而我连行李都已经搬完了。

她在电话里一边哭还一边安慰我，最后倒成了我劝她："没事儿，不要担心。"

我问叶然："我以后不在，你会不会想我？"

叶然说："我现在已经很想你了。"

她问我接下来有什么打算。

我说："不知道啊，走一步算一步呗。"

她又说："你以后能不能乖一点？到了新学校一定要好好学习，不要惹麻烦，我们高中还能在一起。"

我对着电话一边点头一边说："好好好！"

其实被开除这件事儿本身对我的影响不是很大，我最难过的是以后再也不能跟叶然朝夕相处了。可是一想到我们未来还有机会一起读高中，我心里就又充满了希望。

伤口养到差不多的时候，我妈也联系好了学校，要转回本市的二中。

二中就在我家门口，以前的同学又基本都在这里，所以我并没有因为是新学校而感到焦虑，比较巧的是，我在这里又进入了很吉利的8班，因为熟人多，所以很快就跟大家融成一片了。而且之前两年被魔鬼学校锻炼惯了，换到这边竟然觉得学习特别轻松，成绩直线飙升，再加上我的专业课水平一直很好，所以，我倒是有种找到了主场的感觉。

我跟王漾也是在这里认识的，她是我的同桌，皮肤白白净净，黄头发，黄眼睛，长得倍儿像SD娃娃，我们性格相近，可以说是一见如故。我们一起逃课、聊八卦；一起偷拿家里的红酒，学着电影里那样装模作样地品酒；我们还找到一处废弃的火车道当作秘密基地，强行抒发感情；她教我挑衣服、染头发、拍大头贴……

11

其实故事讲到这里，我开始犹豫该如何继续说下去了。因为接下来的画风突然变得很奇怪，不如我言简意赅将进度条加快吧。

我跟王漾还一直以朋友的关系保持联系到现在。她读大学的时候通过朋友认识了闫南，闫南大学毕业后为了她回到本市发展。在他们举行过订婚仪式后，闫南坦白在一次老同学聚会上，他跟陈依依开始了联系，然后就出轨了。王漾取消了订婚，自己跑到云南旅游，结果留下开了一家酒吧，还顺便认识了一个美国人，生了个漂亮的混血宝宝。

再后来的事情，你们就知道了——闫南跟陈依依结婚了。

人生处处是意外，我最大的意外则是跟叶然分开了。因为我的关系，导致她高中没有读完就被家人送出国了。我们曾断联了两年，之后通过张错从叶果那里获得了联系方式，断断续续保持了四年联系后，叶然主动提出我们再也不要有联系了。

我高中休学在家待了一年，大学去了北京，毕业至今一直留在

You're the
love letter from this
world for me

上海发展。

张错，没想到我们是一直保持联系的酒友，他大学毕业时邀请我去参加了他的毕业典礼，后来也定居上海了。

叶果，听张错说，他专科毕业后去当兵了，退伍以后在本市开了几家餐厅。

……

有些故事还没讲完，那就算了吧……

Chapter

Three

哎 哟 ， 我 是 猫

&

人间很值得，

人间有罐头。

1 云安小区和面包姑娘

云安是我的地盘，我从出生起，就在这片儿混。

云安特别大，但我闭上眼都不会迷路，因为我对这儿的一草一木都太熟悉了。

云安是个小区。我，是一只猫。

我是一只猫，准确地说，我是一只黄白色的流浪猫，我知道你一定想说我很普通，可是如果你愿意靠近我、了解我，你会发现，我真的特别——普通。

我暗恋了多年的小凤，宁愿跟很丑的断尾花猫谈恋爱，也不正眼瞧我一下。

她卧在楼台上，一只前爪慵懒地向外伸着，眯眼俯视着站在台子下的我说："我觉得断尾很酷、很特别，可是你呢？对了，你叫什么来着？"

我抬头望向金灿灿阳光里的她，她的毛发被阵阵微风拂过，就像一束毛茸茸的蒲公英，可爱至极。

不过，从她真挚的眼神中，我看出，她是真的想不起来我的名字了。

不怪她，即便是我妈，也因为生过太多孩子，偶尔会认错我。

我曾问过我妈："我爸是谁啊？"

我妈闭目沉思："想不起来了。"

我猜，我爸应该跟我一样，是茫茫猫海中很普通的那一只吧！

黑子很黑，白茶很白，橡皮很肥，叉子脸上有很酷的伤疤，小凤有炯炯有神的眼睛和可爱的大圆脸，就连断尾花猫都丑得很别致……

You're the
love letter from this
world for me

只有我，很普通，普通到在街上大喊一声"咪咪"，能跳出来十几只长得跟我差不多的猫。

就这样普普通通的我，过着日复一日的平淡日子，本来嘛，猫生就图个吃饱、喝好、睡足。

最近我习惯早上去二号楼散步，顺便翻一下垃圾箱，因为我发现有个姑娘总在这个时间下楼扔垃圾。她的早餐一成不变，都是吐司面包，但是她只吃芯不吃边，所以我总能翻出好多新鲜的面包边角吃。偶尔还有小惊喜呢，比如几块隔夜的比萨边角，虽然有点少，但挺好吃的，还管饱。

通常吃饱以后我会去喷泉那边喝水、洗漱，然后找个温暖的地方，一觉睡到日落。

当太阳落山时，孩子们就该放学了，叽叽喳喳的，很是聒噪。也许是因为小时候我被熊孩子扯过尾巴，总之我讨厌被吵醒，更讨厌小孩。

黑子是我最好的哥们儿，最近黑子妈妈又生了一窝弟弟妹妹，还没出月子，他只得忙着每天到处找吃的，帮家里减轻压力，有时候我会陪他一起找，溜达溜达就当锻炼身体了。

云安有很多不成文的规矩，比如，不准在别的猫地盘内拦人要吃的，不准跟新来的外地猫讲话，不准跟人进入楼道里……

虽然我们会守规矩，但不代表所有猫都会守规矩，一不留神，可能就会跟其他猫来场厮杀。

这不，前几天我跟黑子就遇到一只痞子猫，他看上去年龄不大，脑袋上的毛东一撮、西一簇，张嘴就骂骂咧咧的，甚至还扑上来抢我们刚找到的半块肉饼，如果是平时也就算了，刚好那天我脾气也不顺，就打起来了。

这一打不要紧，痞子猫的兄弟们瞬间就从四面八方冒了出来，黑子这厮撒腿就跑，我反应慢了一步，最后被揍了个半死。

凡事有弊就有利，这件事的利就是接下来一段时间里，我都安逸地躺在黑子家蹭吃蹭喝。

我把面包姑娘的事情告诉了黑子，黑子在二号楼等了一个早上，回来却告诉我压根儿没人来扔垃圾，我猜大概是面包姑娘今天没来得及吃早餐吧。

第二天，黑子又没等到，接着一连七八天都没等到，我莫名心焦，爬起来一瘸一拐地走向二号楼。好不容易等到了面包姑娘，却

You're the love letter from this world for me

依然没等到面包。

我看到姑娘挽着一个男孩的胳膊，有说有笑地从楼道里走了出来，满脸的幸福浓得化不开。

她这是遇到一个肯为她吃掉所有面包边角的人了。

2 白茶
和毛毛

没有面包吃以后，我着实忧郁了几天，但是黑子却说："你好歹吃了人家那么久的面包，现在她遇到爱情过得更好了，你应当为她高兴。"

想想也对，虽然我还是很喜欢吃面包，但是不想再吃她的了，最好她永远也不用再扔掉面包边角了，我希望那个男孩能永远陪着她。

白茶也在一旁附和："多大点事儿，你什么时候想吃面包就告诉我，我家有的是。"

白茶也是我最好的哥们儿之一，不过我们现在很少见面了，因为他有家。

我们三个虽然是从小一起撒尿和泥巴长大的，但性格迥异。

不同于憨厚结实的黑子，白茶是一只全身雪白，唯独头顶有块黑毛的猫，我们老话管那块黑毛叫"聪明毛"，他倒也不愧对这块聪明毛，从小就是传说中的"别人家的好孩子"。不过长辈眼里聪明嘴甜、懂事稳重、漂亮又白净的他，在我们面前可就不一样了，俨然一个蔫儿坏的背后大佬，这些年他带着我们干过的捣蛋事，我都懒得一一列举。

You're the
love letter from this
world for me

在我们见到猫生第一场雪那天，我跟黑子兴奋得满地打滚儿，白茶却在一旁面无表情地说："高兴个屁，下雪的时候有多好看，融雪的时候就有多冷，到时候有你们几个龟孙哭的，我要赶紧找个暖和的地方避避。"

于是隔天他就撒泼、卖萌、装可怜地去找路人碰瓷了。

最终捡他回家的是个叫毛毛的姑娘。毛毛一条胳膊都是乌漆墨黑的文身，总是穿着运动服，顶着乱蓬蓬的短发昼伏夜出，时时刻刻都摆着一张臭脸，看起来特别难相处。

不过白茶却说毛毛虽然又凶又穷，可还是给他买了最贵的猫粮和玩具，每天陪他玩，还喜欢抱着亲他。我脑补了一下那张面瘫脸温柔的样子，画面太惊悚，没忍住抖了抖毛。

白茶说毛毛的情绪总是很低落，在家除了哭就是抽烟、酗酒，好几次喝多了把他当成白毛巾抓过来擦嘴。

白茶还说毛毛总是抱着手机或电脑在忙，不光是熬夜，连吃饭都不准时，所以他很担心毛毛万一哪天猝死在家里都没人发现。一早我们商量好，如果哪天毛毛真猝死了，只要白茶在窗台上吼上一声，我们就把所有朋友召集起来去她家挠门，这么蹊跷的画面，肯定会有邻居帮忙报警的。

白茶还说毛毛很依赖他，睡觉必须要摸到他才能睡着，但是毛毛半夜总会被噩梦惊醒，搞得他在旁边也睡不安稳。

总之，从那以后白茶有了家，偶尔从家里偷东西出来给我们开眼界，比如猫粮、猫草、猫罐头、化毛、美毛、营养膏、小鱼干、绿豆饼之类的。

不过我最好奇的，还是他说的那个叫猫砂的东西，听说拉完屎不会沾到屁股上，啧，这倒是让我很心动。

在我们看来白茶已经非常健壮了，但还是要被带去打什么疫苗，还要吃些乱七八糟的营养品，最可怕的是还要经常洗澡！

有段时间我们连着两个月都没见到白茶，担心得要死，还以为他被毛毛给灭口了，后来才知道他是被阉了。

噗，不好意思，我现在想到这个，还是会笑出声。

尽管白茶努力保持平和，跟我们说阉了有益身心健康什么的，可我们还是隐约感受到他透露出的"这辈子连女朋友都还没交过"的遗憾之意。

You're the
love letter from this
world for me

不过白茶此后倒是活得更优哉了，就像个看破红尘的隐士，不谈风月只讲吃喝，体形也直接从少年跨入了中年。

他说："其实情爱肉欲不一定是必需品，要找，就找能灵魂交融的猫，但是我懒，懒得去剖析了解自己，更别说去了解别的猫了。一想到要经历交流的过程，还要做好失望的准备，不如自己活更轻松。"

我问他当真不怕孤独终老吗？他说："怕，不过我还有毛毛呢。"

我问他自由和爱哪个更重要，他说："能跟对的人相爱，永远不算被束缚。"

他反问我自由和爱哪个更重要，我想不出来，只好回答他："在没有足够快乐的自由前，我是没有闲暇去顾及爱的，所以自由更重要吧。"

我从来没问过白茶有没有后悔做一只家猫，因为我知道，每只猫生来就注定是不同的，他很聪明，一直都明确知道自己到底想要什么，这点是我羡慕不来的。

其实有时候他说的那些话神神道道的，我都听不懂。太深奥的东西我没想过，可能是因为他每天望着窗外思索猫生的时间，我都拿去忙着填饱肚子了。

我还是觉得，生而为猫，吃饱、喝好、睡足就是幸福的。

有一次我蹲在别人家窗台上看了一部电影。电影里说："有的鸟毕竟是关不住的，他们的羽翼太光辉了，当他们飞走时，你会由衷庆贺他们获得自由，无奈的是，你得继续在这乏味之地苟活。"

虽然并不贴切，可我觉得白茶就是我羽翼最光辉的朋友，他所有的选择，我永远不会问为什么，只会问："我能为你做什么？"

You're the

love letter from this

world for me

3 蜜蜜

说到白茶，我突然想起来蜜蜜。

蜜蜜是我同母异父的妹妹，典型的三花色小姑娘，非要说有什么特点的话，那就是眼睛大，嗓门也大吧。这个小跟屁虫最大的爱好就是跟在我们屁股后面，尤其是喜欢跟着白茶，问她为什么，她只说："白马王子是白色的，白茶哥哥也是白色的。"

白茶倒也很宠这个小丫头，好吃的、好玩的总会留一份给她，整天逗得她咯咯笑，不知道的还以为他俩才是兄妹呢。

蜜蜜在即将一岁的时候突然病了，刚开始只是流鼻涕，后来加上了咳嗽，没几天就蔫儿得站不起来了。我们都急得团团转，白茶这时候出主意让蜜蜜去跟人类求助。

抱着试试看的心态，我们将蜜蜜送到一个楼道门口，并叮嘱她一定要打起精神，最好是一副让人看起来感觉病得不重还有救的样子。

而我们几个就守在不远处的草丛里等着，不一会儿一个年轻的女大学生发现并带走了她。

从那之后我们几乎有两年的时间都没再见到蜜蜜，有嘴碎的猫说蜜蜜肯定是死了，白茶气得一拳头抢了过去。

　　再后来呢，突然有一天蜜蜜又出现在我们面前，她长大了，不仅出落得亭亭玉立，就连性格都变得温柔乖巧。

　　她向我们娓娓道来这两年发生的事情：那天被女大学生救走直接送去了医院，恢复健康后的她又被女大学生带到了男友家。两个年轻人对她还不错，就这样一眨眼过了两年，前不久这对年轻人大学毕业了，随着毕业一同来临的还有感情危机，女孩选择回家发展，男孩想要出国，矛盾越来越深，最终选择了分手。搬家的时候两个人对蜜蜜的归属权又发生了争吵，因为谁也不想要这个"累赘"。

　　蜜蜜指了指有些瘸的后腿继续说道："我的腿就是从三楼跳下来时摔的，既然我这个累赘让他们为难，不如自己识趣先溜啦，这样还显得自己有主动权似的，对吧！"

　　我们听完陷入沉默，一时间不知道该说什么宽慰她。

　　蜜蜜见我们这样，自己笑了笑说："没事儿，我很感激他们当初救了我，就当是报答吧，别让他们因为我而为难了。"

You're the
love letter from this
world for me

她顿了顿又说："再说了，我这不是还有你们嘛。"

我试图缓解一下气氛，没话找话地打趣道："回来也好，我们都能照顾你，再说了，这儿还有你小时候最喜欢的白茶哥哥呢。"

蜜蜜把眼睛笑成一个弯月牙，也跟着闹："我现在都长大了，白茶哥哥能娶我了吗？"

这句话一说出来，刚刚缓解一些的气氛瞬间又尴尬到了极点。

我们谁也不敢告诉蜜蜜，白茶已经是只家猫了，而且，还成了"太监"。

白茶打破沉默清了清嗓子说："你啊，还是那么调皮，我可是看着你长大的哥哥。"

看到蜜蜜垂下头有些失落，白茶又继续说："你这么漂亮可爱，肯定有不少人会喜欢你，不如再找个家吧！我知道毛毛的朋友很想养猫，放心，这回一定靠谱负责任，不会再把你丢弃了。"

白茶果然把蜜蜜带回家了，也不知道他们是怎么沟通的，总之最后毛毛的朋友真的把蜜蜜接走了。

黑子有些八卦地问我："你猜，如果白茶没有成为家猫，现在会不会就跟蜜蜜在一起了？"

我有点遗憾地说："也许吧，毕竟从小到大还没见过白茶对哪个女孩这么上心。"

黑子又说："见过那么多被遗弃的猫狗以后，我真不理解人到底是怎么想的，好歹是条性命，一起过了那么久都没感情吗？说不要就不要了，就跟扔垃圾一样。既然负不起责任，当初何必一时兴起带回家呢？还是流浪好，没有被温暖过就不会感到伤心。"

是啊，我也想不通这是为什么，只好撇撇嘴摇头："人啊，凉薄起来比动物还没心没肺！"

You're the
love letter from this
world for me

4 夫妻

黑子隔壁住了一对夫妻，不同于一般淫乱多情的猫，他们如胶似漆、相亲相爱，经常能在喷水池边看到他们给彼此梳理毛发，时不时停下来看看对方，伸爪子嬉戏打逗，抑或团抱着睡在一起。公猫每天早早起来，去翻周边的垃圾桶，给母猫寻找为数不多带肉的食物。有时候自己地盘内没有好吃的，他还会铤而走险，跑到其他猫的地盘翻一翻。

不过他很机警，从来没被其他猫逮着过。

天气越来越冷了，春节临近时云安的好多住户都回老家过年了，垃圾桶里的食物骤减，大部分的猫都填不饱肚子，再加上天冷更需要食物来补充热量，所以都对自己地盘上的垃圾桶守得格外严实。

公猫假意散步，一路招惹不少警惕的目光，这让他只能火中取栗赌上一把，将目光转向了人类的家里。他沿着墙边，跳上一层层窗台和空调外箱，眼睛仔细扫过每一家，盼着有一扇忘记关上的窗子，能让它可以进去找点吃的，好熬过这个冬天。

也许是运气好，四楼的阳台外面挂着两块准备过年的腊肉，他弓起身子扭动几下，找好位置一跃而上，扯下其中一块腊肉，准备原路返回时，阳台的门打开了。屋里的人家许是听到了什么动静，提着笤帚赶来，一下子抽在公猫的后腿上，再加上嘴里叼着的腊肉也不轻，这使他径直从四楼砸下来，幸好地上的枯树枝帮他缓冲了些。

四楼的住户嘴里咒骂着走进去，不知道是不是要追下楼来；被压断的枯枝噼里啪啦响着，他颤颤巍巍地站起来抖抖身子，舔舐着被枝杈扎伤的创口，片刻，重新叼起腊肉，拖着后腿，努力往家的方向爬去。

再次见到公猫的时候已经是来年开春，大概是那条腊肉在难挨的冬天养活了这对夫妻吧。

有好心人带着猫粮沿路撒下，公猫嗅着鼻子警惕靠近，围着食物转了几圈，也不吃，只是坐下守着。不一会儿就看到母猫拖着隆起的大肚子从汽车底下钻出来，蹭蹭公猫的鼻子，便放心地吃起来。

You're the
love letter from this
world for me

5 小凤

我不懂爱情，尤其是看过那对夫妻以后。这种付出和守护是我没想过的，我原以为爱情只是享受，却忽略了还要付出浇灌。

可是我突然很想念小凤，一个冬天没见，她怎么样了？有没有吃饱？断尾花猫对她好不好？

我这里还有白茶送的半条牛肉干，一直都没舍得吃呢。

沿着熟悉的路，找到了在楼台上晒暖儿的小凤，我差点没认出她来。不过一个冬天而已，她竟瘦成一副骨架，毛发也干枯了，漂亮的圆脸凹进去，大眼睛都少了几分气韵。

而且现在趴在她身边的不是断尾花猫，取而代之的是条瞎了一只眼睛的黄白狸猫，看起来也是干干瘦瘦的，似乎除了眼睛和体形，跟我也没什么差别嘛。

"咦？好久不见。"小凤对我难得露出一丝喜悦的神色，尽管她还是没想起我的名字。

我惊愕她的变化，一时语塞，只好尴尬地点了点头。

"这是我老公阿飞。"小凤向我介绍了旁边那只猫，当她望向阿飞的时候，我觉得她眼睛里的蜜都能溢出来了。

我咀嚼了几下，把嘴里的牛肉干咽了，胡乱找了个理由溜走了。

就在那个下午，我好像突然开窍了。爱情这玩意儿是没道理的，更没什么先来后到，即便我不比断尾花猫和独眼古惑仔差，没感觉就是没感觉，勉强不来也等不到。

最重要的是，我突然发现我喜欢小凤，只是因为她长得好看，好看到让我觉得遥不可及，单纯地只想赏味，而不愿意靠近去承认美玉也是有瑕疵的。

我猜，我是把欣赏错当爱情了。

我没有很伤心，反而长舒一口气，那种感觉就像是走一条连自己都不相信的路，终于撞到了南墙，可以说服自己放心地掉头了。

也好，也好，以后我再也不用有好吃的还舍不得吃了。

泳池边的老猫曾说过："每只猫一辈子至少都会遇到一次爱情，不急，是你的总会来。"

我问老猫："如果爱情来了，我会收到什么提醒？"

老猫摇头说："如果有一只不用提醒都时刻在你心头萦绕的猫，

You're the
love letter from this
world for me

那就是爱情来了。"

"那爱情来了以后还会不会走？"我追问着。

"有的会永驻，有的短暂停留过后就走了；可是无论结果如何，只要爱情来的最初是纯粹真挚的，就够了。"

我愤愤赌气："既然不确定会不会永驻，那干脆一开始就不要呗，省得最后白费劲，还落个伤心。"

"等你到我这个岁数就会明白，虽然爱情分开会难过，可是错过也会难过，既然怎样都会难过，为何不去爱上一场，把遗憾降到最低呢？"

我正要继续追问："那你有……"

"有个屁，小兔崽子哪儿这么多问题，滚滚滚，睡了。"

6 长毛公主

我听说失恋要放肆一下，所以决定去黑子家蹭顿饭，再叫白茶偷盒罐头出来，好歹纪念一下我这还没开始就结束的初恋。

边走边这么想着，忽然就看到有一个巨大的球状物体朝我飞奔过来，一眨眼这个巨球已经停在我面前，我下意识后退几步岔开毛弓起身子，准备应敌。

"不……不好意思，我是想跟您打听一下，这附近哪里有吃的呀？"

我打眼一看，妈呀！这个球状的庞然大物竟然是只猫！听声音竟然还是只母猫！这体形可比我见过的很多狗都大，怕是猫成精了吧。

我警惕地盯着她回答："垃圾桶里有。"

她撇撇嘴说："都找遍了，但是还没吃饱。"

"下水道里有老鼠，你可以去碰碰运气。"

她皱起眉满脸嫌弃："老鼠？也太恶心了！"

我冲她翻了个白眼，想继续往前走。

她追上来紧跟着问："麻烦再跟您打听一下，在哪里才能加入流浪猫的组织呀？"

这巨球倒是一直挺有礼貌的，从外表和谈吐不难看出她是只家猫，估计是走丢了。

我放下戒备饶有兴致地回答她："没有组织和家，就是流浪猫了。"

"哦，哦。"她目光有点散乱地点了点头，不知道在想些什么。

这更勾起我的好奇心了："你是家猫吧？"

"是啊。"

"是走丢了吗？"

她摇摇头，随即又点点头说："本来只是想在家附近看看，没想到找不到回去的路了。"

"我认路，你家住几栋，我送你回去。"

她一脸疑惑："栋是什么？"

"算了，当我没问。这片儿挺乱的，如果你没地方去的话，可以先去我的地盘。"

"谢谢啊，你真是个好猫。"

我摆起脸吓唬她："别动不动就发好猫卡，我虽然让你来，但是不管饭的。"

我领着她溜溜达达地往我的地盘走，她性格很好，无论是见到人还是猫狗都不害怕，反而热情地迎上去打招呼，这点可跟我以前遇到的胆小家猫不同。

有路过的人从包里翻出面包和火腿肠，我警惕地钻进车底下，她却打着呼噜蹭过去，谄媚讨食，把人逗得咯咯直笑；我意味深长地教导她不要随便相信人类的投食，她却说："你别大惊小怪，这世上哪儿有那么多坏人啊。"

还有几个年轻人见到她以后，特意停下脚步掏出手机一通拍照，我这才仔细看了看她的长相：有福气的大圆脸，湛蓝色的眸子，脸上还有个"V"形的重点色，柔滑蓬松的长毛，摇晃着跟我体形差不多大的尾巴，加上厚实干净的白手套，还真别说，除了块头很大以外，确实美得很。

我问她："布偶是啥？为什么刚才好几个人见到你，都念叨这个词？"

"就是我的品种。"

我立刻吹牛道："懂，品种猫嘛，我见过不少，以前还认识一只大灰猫。真是奇怪，明明就是个在本地出生的大灰猫，人们非要说他是英国的蓝猫。"

You're the
love letter from this
world for me

"你说的是英短？肥头大耳、憨憨傻傻的？"

"对对，我听他说自己身价可贵了。"

她听完我说的，扑哧笑了出来："瞎掰，好几只蓝猫加一起都比不上我……"

可我压根儿就没听进去她在说什么，只是傻愣愣地看着她，我的天，她笑起来可真美，比我这辈子见过所有的猫儿、花儿都美；看她一笑，我突然觉得这世界太美好了，鸟语花香、神清气爽，到处充满粉红色的气泡。

"还没问你叫什么名字呢？嘿！嘿！喂！你在听我讲话吗？"

"啊？你说啥？"我回过神来。

"我问你，叫什么名字？"

"大家都叫我黄儿，也有人叫我咪咪。"

"黄鹅，咪咪。"她嘴里念叨着。

"是黄儿，不是黄鹅。"我纠正道。

"对啊，黄鹅。"

"难不成你是广东猫？"

她笑着眯起眼说："那我叫你黄咪吧，这样就不会读错了。"

"随便吧，那你的名字呢？"我问。

"我名字很不好意思说，你就叫我美女吧。"

"……啊？"

"其实我叫公主。"

"……你毛很长，就叫长毛吧。"

"我叫公主！"

"好的，长毛公主。"

You're the
love letter from this
world for me

7 金渐层

说到品种猫，以前八号楼那边住着一只金渐层。

虽说是金渐层，但严格来说她体内只有一丝丝金渐层的血统，或许还是曾祖父辈的。

所以每次她吹牛说自己是纯种金渐层时，我们都哄笑。流浪猫中能有几个血统纯正的，血统纯正的猫都在家享福呢，怎么用得着出来流浪？

金渐层很看不起我们，她常挂在嘴边一句话："我跟你们不一样，总有一天我会离开这个小地方。"

她很聪明，只要有人来喂猫，就装出一副柔弱抢不到食物的模样，乖巧地眨着大眼睛盯着人喵喵叫，她知道人最受不了看到我们猫摆出什么表情。

喂猫的人总是单独备一份更好的食物留给她，她吃完还会跟人玩一会儿，舔一舔手、撒娇蹭一蹭、让人挠挠肚皮之类的。

有一个经常喂猫的好心人把她带回了家，此后他便很少出来喂猫了，据说是专心伺候这只金渐层呢。

再次见到金渐层的时候，我们都大吃一惊，经过细致照顾的她确实变美了太多。她窝在人的臂弯里，眯缝着眼当我们是空气，就好像从来不认识我们一样。

总有人扛着长枪短炮一系列设备进出她家，听白茶说："金渐层现在成了家喻户晓的网红猫，无数人整天守在网络上催她发照片和视频，还被请去做代言了，很多猫粮的包装上就是她呢。"

有多厉害呢？据说现在她一天吃的饭，价格足够让我们几只猫吃饱半个月。

后来的后来，金渐层搬走了，说是换了大房子，临走上车前她还不屑地丢了一句："我早就说过我跟你们不一样，我迟早是要离开这个小地方的。"

说不上是厌恶还是羡慕，但不得不承认"金渐层事件"让我们长见识了，原来猫还能赚钱换大房子呀！

You're the
love letter from this
world for me

8 小黑

猫被收养就等于有家了吗？也不尽然，比如小黑。

黑子的弟弟小黑是一只全黑色的猫，通体黑亮没有一根杂毛，性子乖巧又聪明，简直是年轻版的小白茶，我们都说他迟早是要被人捡去过好日子的。

果然，他被一个小男孩发现了，男孩经常从书包里掏出来吃的给小黑，还会一屁股坐在地上跟小黑聊天，什么都聊，一聊就是好久。

"我很久没见到我爸了，他每次回来都是待一会儿就走。"

"我觉得我们物理老师长得好像一只河马。"

"我今天跟同学打了一架，因为他们说我爸给我找了个后妈。"

"隔壁班有个女同学长得很好看，每次都冲我笑，你说她是不是喜欢我啊？"

"我妈说要买一双球鞋给我，我不知道要选黑色还是白色，你帮我参考一下，选白色就喵一声，选黑色就喵两声。"

……

有一天男孩兴奋地跑来，抱起小黑说：“我妈终于答应我了，期末考试拿前三，就能把你带回家。”

“我从网上查过，小猫多吃罐头就能长得更健壮，我正在攒钱，到时候给你买一箱，等你到我家就能吃上。我要赶紧回家做卷子了，你乖乖等我。”

又过了一段时间，男孩蹦蹦跳跳地来找小黑，居然真的把小黑抱走了。

可是还没过一个月，男孩抱着小黑又回来了，这次是哭着来的。他把小黑轻轻地放下，放在了他们原来经常见面的地方，吸着鼻涕，眼泪肆意地流，又摸了摸小黑的头顶，最后一咬牙仿佛下定了决心，说了一句“对不起”就扭头跑了。

小黑重新回到了我们当中。

小黑说男孩的奶奶来家里住，她认为黑猫是邪物，留在家里要遭祸事，男孩的父亲也随母亲附和说自从小黑来到家里，他的工作就一直不顺，每天烦心，更不想回家。

男孩问是不是家里没有黑猫了，爸爸就能不加班，经常回家？

You're the
love letter from this
world for me

我们为小黑生气，就像白茶说的那样："什么邪不邪的，什么工作不顺不想回家，还不是出轨男人骗小孩的话，这孩子是真不懂还是缺心眼儿？就这智商还能考前三名？"

后来我们看到男孩拿着食物来看过小黑几次，可是小黑每每都会躲起来，就连男孩留下的食物也不吃，这倒是便宜我们了。

小黑说："我理解他，可我还是很难过。"

白茶说："没事，你一定会遇到一个好家庭，就像我家那样的。"

小黑却说："不找了，不找了，有了家，还要提心吊胆怕又被抛弃，当只流浪猫也不错。"

9 老猫

长毛公主赖在我家蹭吃蹭喝有一段时间了，看她整天无聊，我便说要介绍一只有故事的品种猫给她认识，于是就带她来泳池附近找老猫。

老猫没有像往常一样趴在泳池边晒太阳，远远看去发现他躲在草丛阴凉里打盹儿。

我边走边打招呼："老猫，最近怎么样，我带朋友来看你啦。"可是并没有得到应答。

走近才发现，老猫死了。

只见他僵直侧躺在草丛里，安静得像是睡着了似的。

长毛说："你留下吧，我去叫大家过来。"

我呆呆地看着老猫，虽说是寿满天年，可一时间我还是有些无法接受。特别戏剧化的是，在当下脑海里真的像是放电影一样开始闪过跟老猫相处时的一幕幕。

我出生以前，老猫就混云安了，长辈们都说他这一生的故事完全够拍一部电影。

老猫是孟加拉豹猫，身形矫健修长，乍一看就像是一只小猎

You're the
love letter from this
world for me

豹，用白茶的话形容就是"一看就长得很贵"。

听老猫讲，他最早住在海边的一幢别墅里，身为品种猫尤其还是稀有品种，注定是含着金汤匙出生的。他的主人是做生意的，家里养的除了他，还有藏獒、金丝猴、孔雀、狗熊……光是为了照顾动物，就专门雇了四个人。

后来主人出事儿进了监狱，人们把家里能卖的都卖了，动物们都被送去了动物园，只有他自己偷偷跑了出来。

他一路流浪到云安，遇到一对老夫妇，正赶上老夫妇家里闹鼠患，觉得他是只好脾气的大花猫就带回家了，结果大花猫不仅不会抓老鼠，见了老鼠自己还吓得嗷嗷乱叫，闹绝食，看得老两口哭笑不得，最后还是请了专人来解决鼠患。不过这只大花猫也就这样留下来了，老猫讲到这里的时候满脸掩不住笑意。

老太太看猫总也长不胖，很是心疼，经常让老头儿去菜市场买小鱼和肝脏回来煮熟了喂他。

偶尔还做大肉包子给他吃，老猫讲到这儿的时候问我："你听说过专门给猫煮玉米、煮红薯、做大肉包子吃的吗？"

我咽了咽口水追问："啥馅儿啊？"

老猫昂着头笑着说："牛肉馅儿的，特别好吃。"

老夫妇是传统的养猫方式，找了个大纸盒，铺上报纸，从工地铲了些沙子放进去，就当是猫厕所，老猫倒也不挑不拣欣然接受了。

老猫喜欢黏着老太太，上厕所跟着去，看电视跟着看，睡觉跟着一起睡，连吃饭都要蹲在冰箱上一起吃。

老太太耳朵不好使，经常听不到门铃声，老猫每次听到门铃响，就绕着老太太的腿嗷嗷叫，久而久之老太太一看到老猫的异常反应，就知道家里门铃在响了，笑说自己是养了个随身门铃。

老头儿喜欢看报纸，前一秒刚把报纸放桌上，后一秒就被老猫当磨爪板撕着玩了，当天印好的报纸总掉墨，老猫经常蹭一爪子黑墨，还想往床上跳，老头儿就追着他满屋子骂。

老头儿还爱看《动物世界》，有一次演到草原猎豹，老猫刚好从电视机前走过，老头哈哈大笑："我看这猎豹长得跟我家大花猫差不多嘛。"

老两口的儿子很少过来，女儿两三天来一次帮忙料理家务。女儿怕猫，老猫也懒得凑近她，一人一猫谁也不理谁，一眨眼日子就这样过了七八年。

后来呢，老两口越来越老，身体每况愈下，有几次还住进了

You're the
love letter from this
world for me

医院。老猫自知家里人再没有多余精力顾及他，索性跑出来做了流浪猫。

不过他没跑远，就一直在云安晃荡，时不时地回家看看，老两口像是明白似的，从来不强求他回家，隔三岔五让女儿送吃的到泳池附近。周边的邻居们都知道老两口家里的事情，所以也对老猫格外照顾，老猫并不吝啬，平时吃不完的总是随手便宜我们这些猫狗。

老猫年纪大、性格沉稳又见过世面，虽然老了，可体形还是比我们一般的猫大很多，所以云安的猫们都把他敬为前辈。有什么疑惑纠纷就请他去说道几句，小到夫妻拌嘴，大到猫狗火并，没有他平不下的事儿，老猫在云安的地位不言而喻。

送老猫走那天，是我第一次也是唯一一次见到整个云安的流浪猫狗和平地倾巢出动，阴郁的低气压弥漫在空气中。几只狗合力在树下刨出一个坑，而后几只猫将他小心翼翼衔进去并埋好。有只小猫不知道从哪儿叼来一颗锈迹斑驳的铃铛，轻轻地放在了上面，有眼尖的长辈认出来低声说："那是老猫年轻时候戴过的项圈。"

10

叉子

入秋以后小区里食物短缺得厉害，本来互不侵犯的猫狗为了争夺有限的食物，气氛开始变得紧张。以前还有老猫给镇镇场面，现在老猫一走，狗们便嚣张了起来。前几天就发生了两条狗追着一只猫打的事情，把我们都吓得猫心惶惶。

在干燥饥饿的状态下，猫狗大战，一触即发。

叉子打架很厉害，他脸上那道疤就是年轻时候单挑来闹事儿的三只狗留下的勋章。最后狗被挠瞎了眼睛，他自己赔进去一只耳朵，才换来群猫许久的安稳日子。

叉子一战成名，此后作为群猫之首，组织了一群体格健壮的年轻猫，平日里维护着猫狗之间的警戒线。

那天经过他的地盘，看他站在垃圾桶上，底下围了十几只猫，我就知道是有大动静要发生了。

我凑上前，听到他在做战前动员，说是今晚就要跟狗们决一死战，我跃跃欲试想报名，却被长毛公主拼命拉住了。她知道我上次被痞子猫揍过以后，腿落下了毛病，平时没大碍，可是跑起来就一瘸一拐的，她气呼呼地在我耳朵边骂道："你跑又跑不快，打也打不动，过去是帮倒忙还是送命？"我被堵得没话说。

那晚，我带着长毛公主躲在地下车库里，不知道参战的猫们经历了什么，只断断续续听见相当混乱的猫狗嘶喊声。叫声惊响了汽车警报，掺上居民的咒骂声，既热血又热闹，大战一直持续到了后半夜。

天亮时才传来捷报，最终是我们赢得了胜利，云安的流浪狗们如约在两天内全部撤离。

11

王旺财

原以为云安从此便是猫的天堂，可经此一战，业主对我们的存在很不满意，开始给物业施加压力，想要把我们都清理走，保证小区的清静。

物业处处打压我们，垃圾清运频繁，还撒了不少耗子药，我们的日子陷入了前所未有的困境。

低气压笼罩在我们周遭，在饥饿面前规矩和理智不复存在，猫们开始内斗，不断爆发的地盘抢食战争将往日的天堂变成了地狱。

白天，我拖着瘸腿佯装晒暖儿，趁别的猫不注意翻翻他们的垃圾箱。

晚上，长毛公主就去散步的人群中谄媚讨食，就这样一天天熬着，也不知道什么时候是个头。

那天，我刚从十八号楼的垃圾箱里扒到一点饼干，跳出垃圾桶，就发现一只银虎斑的胖猫正站在车底死死地盯着我。

我犯了禁忌自知理亏，再看对方的体形估计一脚就能把我放倒，好汉不吃眼前亏，我心一横，放下饼干撒腿就跑。

结果这小胖子放着饼干不管，直冲我追上来，说起来那个画面还是蛮搞笑的，那么胖的猫荡着一身肥肉摇摇晃晃努力地迈开腿，

You're the
love letter from this
world for me

边跑边大口喘气，还对我喊："别跑别跑。"

我又慌又想笑地冲他喊："饼干我都放下了，你咋还追我呢？"

他："停……停……跑……跑不动了。"

我："你当我傻啊，停下让你揍吗？"

他："不揍……停……停……停。"

我仗着他一时半会儿追不上我，索性停在安全范围内等着他继续开口，他见我停下，干脆直接躺倒在地上。

我谨慎地盯着一直在大喘气的他，好一会儿才听他勉强开口："你也太能跑了，我就想问个路。"

我一听他居然是问路的，扭头就往刚才的垃圾箱跑，还好，刚才丢下的饼干还在。我叼着饼干跑回小胖子面前，只见他还躺在地上呼哧呼哧地喘。

他看着我也乐："就为一块饼干，你至于吗？要是能帮我找回家，大肉罐头管饱！"

我一听有罐头立刻来了兴趣，长毛公主已经病恹恹好几天了，曾经让她骄傲的皮毛也毛糙打结，全身都瘦干瘪了两圈，如果能带盒罐头回去，说不定她身体就能好了！

"你家在哪儿？"我问小胖子。

他带着还有些喘的声音回答道："我也不知道，只知道我从家里的窗户望出去能看到很多孩子，我刚才问了好几只猫，都说不知道。"

很多孩子？我忽然想起来总听白茶抱怨他家对面是所幼儿园，一大早就吵得很。如果没猜错的话，小胖子应该是跟白茶一样住在五号楼。

"你怎么跑这么远？五号楼离十八号楼还是挺远的。"

"楼长得都一样，我出门就迷路了，跑来跑去也不知道怎么就到了这儿。"他说着都快哭出来了。

"没事儿，刚好我认路，走吧。"

我领着小胖子一路往五号楼走，跟他有一搭没一搭地闲聊。

"我叫黄咪，你呢？"

"我姓王，叫旺财。"

"……王旺财？猫名字？"

"我还有个妹妹叫王钢蛋，家里还有只狗叫王咪咪。"

"哈哈哈……那你是怎么跑出来的？"

You're the
love letter from this
world for me

"说来话长，都怪那两个兔崽子，等我回家就把他俩给宰了。"

我一听，顿时来了兴趣："讲讲。"

"王钢蛋把王咪咪啃剩的骨头叼到我妈被窝里，我妈二话不说就把王咪咪暴打一顿，这孙子气得去厕所磨牙，结果把水管咬裂了，然后我们家就被淹成游泳池了，游泳池晓得吗？猫最讨厌水的好不啦，我算是受够了这个不着调的家了，趁着开门等维修师傅的时候就跑掉了，本来是想吓唬一下他们的，谁知道电梯门就关上了，再一开门就看到好多汽车，我吓得半死呀，撒腿就跑……"

王旺财还在滔滔不绝地讲着，我却突然意识到摆在面前最严峻的两个问题：他家在几楼？两只猫怎么按电梯？

不过当我带着依然叨叨个没完的王旺财走到五号楼时，就发现这一切都不是问题了。因为放眼望去，五号楼贴满了有他照片的寻猫启事，照片上的王旺财身着花衬衫，戴着金链子盯着镜头一脸严肃。

那画面真是过目难忘，用洗脑来形容也不为过，可以说是非常吸睛的寻猫启事了，我又没忍住笑出声了。

王旺财看到寻猫启事后铁青着脸，扭头就要走，嘴里还骂骂咧咧："这个家没法儿过了""我看就是诚心不想要我""全世界都没人真的爱我"……

我赶紧钩住他粗壮的大胳膊安抚，正劝着突然就看到有个长得挺漂亮的女孩风驰电掣般跑来，一把搂起王旺财带着哭腔骂起来："旺财你个王八蛋跑哪儿去了，急死我了知不知道，你要丢了剩下我们几个怎么活……"

得，看性格这是一家的，没错了。

我尴尬地站在旁边不知去留，王旺财从女孩怀里跳下来用头蹭了蹭我，又抬头看了看女孩。

女孩一脸"我懂"的样子，一只手抱起我，另一只手抱起王旺财就往楼道里走。

我惊恐万分，拼命挣扎着对王旺财狂喊："怎么回事？什么情况？帮你找家怎么还把我自己搭进去了？你快拦住她！"

王旺财也急得喵喵喊，跳起来用爪子连环暴击女孩口袋的位置，女孩这才恍然大悟道："原来是要罐头啊？我以为要跟我回家呢，上个月奖金都被扣完了，正发愁多养一只怎么办呢……"

我叼起罐头飞快地跑，赶紧逃离了这聒噪的话痨一家。

You're the
love letter from this
world for me

12

从前的生活

我兴冲冲地回家找到长毛，递给她罐头。

她病了，说不上来哪里不舒服，这个大块头像是被扎破的气球，迅速干瘪下去，仿佛风一吹就能飘走似的。

白茶和黑子都说她应该回家，可每次一问到家在哪里，她就闭口不提。

我问长毛："为什么不回家？"

长毛说："如果我回家了，我们就永远也见不到了。"

我心里闪过慌张，赶忙岔开话题："你以前的生活是什么样的？"

她想了想歪头问我："你坐过汽车吗？飞机呢？我经常出门，去过很多地方，去参加比赛，我见过各种人和猫，每天要被一群人围着鉴赏拍照，这就是我的生活。"

"那他们对你不好吗？"

"好，非常好，我可是摇钱树呢。"

我有些疑惑："难道你当初是故意跑出来的？"

"他们每个人都喜欢我，谁会不喜欢美丽昂贵的花儿呢？可是却没人真的去了解我，我被所谓的定义束缚，他们只想看到我应当如何，却不在乎我想不想。

"我不能发脾气，因为我的出身和环境不允许我粗鲁；我不能挑食，因为我需要均衡营养保持最佳状态；我不能不开心就表现出来，因为这会让他们紧张，让他们大惊小怪。

"说穿了，我就是个鉴赏和繁殖的商品，一旦出现了比我更优秀的猫，我将迅速被替代；我羡慕白茶和老猫，被当作家人，拥有不可替代性。猫生不长，到死都没被认真了解，更别提爱过，想想真是遗憾。

"我本来想玩几天就回去，可是没想到认识了你，认识了你们，我真的很爱你……们，能认识你们太好了。"

我听完长毛这通心里话，不假思索地说道：

"我认识的长毛，性格非常好，但是睡觉被吵醒就容易生气，她生气的时候会很沉默，但是很好哄。

"她爱笑，笑点很奇怪，大笑起来会忍不住跺脚。

"她的眼睛是我见过最美的湖泊，她非常漂亮，却一点也不

You're the
love letter from this
world for me

骄傲。

"她睡觉会磨牙，还会放屁，她做梦发抖的时候最好能轻轻拍拍她的背。

"她声音好听，唱歌却很难听。尽管如此，她还是很爱唱歌。

"她最爱下雨天，说这样睡觉很安逸。

"她很勇敢，会打抱不平。

"她缺乏安全感，却不会无理取闹。

"她习惯发呆的时候踩住自己的尾巴。

"她爱吃咸一点的东西，虽然知道这样不健康。

"她不是哭哭啼啼的性格，但是看见别人哭，自己也会跟着红了眼眶。

"她胆小，宁愿吃馊了的米饭拉肚子，也不敢吃新鲜的小老鼠。

"她爱干净，每天要打理自己的毛发很久，而且绝不允许自己脸上挂着眼屎。

"她的反应虽然慢半拍，但是总能给予最恰到好处的关心。

"我认识的长毛，独一无二，绝对不可能被替代，我最爱这个全世界最好的长毛。"

我一口气说了这么多，说完连自己都惊呆了，是什么时候开始的呢？我的生活和心里全部被大大的她给填满了。

继而突然发现：我刚才是不是表白了？我都稀里糊涂说了什么蠢话？

她万一不喜欢我呢？她那么好，怎么会喜欢我呢？

我们是不是连朋友都没得做了？这么尴尬怎么办？

长毛的眼泪啪嗒啪嗒地往下掉，红着眼眶看着我，想张嘴又欲言又止。

我抢先一步说："我……我……对不起，罐头……那个……很香。你先吃，我尿急了。"说完我羞臊着连滚带爬地跑开了。

13 橡皮

我是橡皮，按照黄咪的文风，他应该会先介绍我的外表，我猜我只要说一句话，你们就会笑了，因为我是一只橘猫，没错，就是十只橘猫九只胖那种橘猫。

我跟黄咪、黑子、白茶是一起长大的铁哥们儿，之所以一直没出现在黄咪的笔记里，是因为我的猫生太无聊，确实没什么值得说的。

概括我很简单：一只没故事，没脾气，没想法，也没什么心事，只喜欢吃吃吃的胖子……

与此同时，我还是一只家猫，被一个单身的男作家供着，导致大家都觉得饱受文学熏陶的我，文笔也会不错，这就是现在黄咪笔记变成我来写的原因之一。

黄咪死了，是被人虐待完从很高的楼上扔下来摔死的。

最后一只见到黄咪的猫告诉我们：黄咪去翻垃圾箱找食物，然后来了个戴帽子的男人，手里拿着猫罐头。黄咪见了罐头就像是着魔似的凑上前，结果被诱进笼子里带走了。

后来的事情我们无从得知，只知道黄咪失踪几天后，有一天夜里一个黑色塑料袋从高层"嘭"的一声扔下来了，好奇的猫凑过去看，就看到被摔得血肉模糊的黄咪。

厄运来临时是悄无声息的，我们听说过有些变态的人类喜欢虐待动物，但从未想过这种变态竟然真实地存在于我们的生活中。

你永远都不会知晓每天跟你点头问好的邻居关上门在家会做什么，不会知道隔壁传来巨大的音乐声究竟是因为喜好还是为了掩盖什么，不会猜到对门随手扔出去的垃圾袋子里藏着什么秘密……

也许是那个行色匆匆西装革履的中年男子，也许是那个垂头丧气的年轻人，也许是那个朝气蓬勃的高中生，也许是那个精致俏丽的女白领……

你不知道内心丑陋无比的他们，就真切地活在你周遭。

我们愤怒、疑惑，更害怕，可是我们连反抗应对的能力都没有。

这就是人类说的命数吗？

如果真的有命数，是不是也真的有报应？

可是，报应何在？

倘若没有，我们又何以慰藉？

送黄咪走的时候，长毛公主哭晕过去好几次，嘴里一直念叨着她不爱吃罐头。其实我们又怎会不明白，黄咪这个流浪猫里的老江湖，之所以着了魔似的想得到那个罐头，还不是为了长毛公主。

出生就流浪的猫儿，习惯了吃什么都不挑，哪怕啃株野草、吃几颗石子，只要不饿死，就知足了。

但长毛公主不一样，她是含着金汤匙出生的，能来流浪猫的世界逛上一圈，已经是不敢想的缘分了，黄咪这个土小子是怕她太委屈。

黑子气得来回转圈，牙齿咬得咯咯直响，他想去找那个男人拼命。可是目击猫却哭着说当时发生得太快了，他吓蒙了，已经记不清那个男人的模样。

黑子听完更生气了，气得边骂边跺脚，小花拖着大肚子安静地陪在旁边。小花是他女朋友，是一只纯白色的猫，当初得知小花怀孕的消息，黄咪我们几个还笑"生出来到底是斑点猫还是条纹猫"。

白茶始终很沉默，嘴巴紧闭，眉头皱得能拧出十八道弯。他是我们之中最沉稳聪明的，所以清点善后的流程都由他负责，也是他把这本黄咪笔记给我的。他说："黄儿平时就爱写写画画，没想到写了这么多大家的故事，我文笔不好，黑子也没什么文化，这个就托付给你，继续写吧，就当作他从没离开过一样。"

14 最后的最后

沉稳的白茶和他家里阴郁的毛毛一切照旧，不过听说毛毛最近要戒酒了，白茶表示很开心。

那对恩爱的夫妻每天忙着照顾孩子，依然很幸福。

黑子和小花为了刚出生的孩子们也忙得焦头烂额，对了，他们的孩子里竟然还有三花色的猫！

老猫家的老两口相继过世，他们仨终于又能团聚了。

成了网红猫的金渐层后来还拍了电影，还是挺火的。

小黑也长大了，不过还是很抗拒靠近人类。

长毛公主回家了，然后家人带着她搬走了，我们再也没有过她的消息。

……

云安的一切仍然规律地运作着，我们的故事还将继续发生。

此刻，窗外淅淅沥沥下着雨，作家正抱着电脑瘫在沙发里码字，而我呢，正躲在衣柜里奋笔疾书。

不如就先讲到这里吧，我有点饿了，下次继续。

Chapter

Four

路 途 遥 远 ，

我 们 分 开 走 吧

&

他问我，是不是一天三顿都吃炸酱面？

我摇头说不是，是一天六顿都吃炸酱面。

不少朋友问我是不是离开丽江了。

嗯，告别生活了几年的小城，也为近 4 年的感情彻底画上了句号。

好像一直没讲过我们的事，索性今天一起絮叨完，你就当听个故事，听完就忘了吧。

2012 年的时候我 17 岁，已经在网络上稀里糊涂地小有名气了。彼时，他 24 岁，刚注册微博，误打误撞来到我的首页。用了几天时间翻完我的微博，也许是好奇心作祟，他开始在我的评论里逢人就搭讪聊天，我每天都能看到他来我的微博。我心想：这人有病吧？来我微博，不找我反而跟别人聊天？

时间一久，倒也习惯了这个兔子头像在眼前晃来晃去了，那种感觉就好像有个人每天来你家门口遛弯儿，晃着晃着自然就熟了。

他说他在丽江，我跟他逗趣儿说，等我毕业了去找他喝酒。

后来呢，从日常生活到兴趣爱好，到诗词歌赋，再到人生理想，然后我们恋爱了。像所有俗套的爱情故事一样，我们相见恨晚，认为终于遇到等待已久的生命中对的那个人，我们未曾谋面却已是最熟悉的陌生人，自认为知晓对方的一切。

那时候特别酸臭地约定每个月给彼此手写一封信，因为这是我们唯一能感受到对方真切存在的实物证明。他的字非常漂亮，但我的字是出了名的丑，跟朋友要来了精致的本子和笔，一改往日痞气、学渣的形象，每天人模人样地出入图书馆埋头练字，想着说不定还能被熏陶点文艺气息。习惯了电脑打字，忽然手写，不是提笔忘字就是语句混乱，写一页撕一页，直到厚厚的本子被我撕完了，我们才往来了两三封信。

我问他："不是谈恋爱吗？我还不知道你长什么样子呢。"

于是他发来一张用滤镜模糊到几乎不分人畜，还戴着口罩和帽子的照片，我安慰自己只要不是缺胳膊少腿的就够了，甭管他长什

You're the
love letter from this
world for me

么样，反正我喜欢的是这个人。

我问他："你为什么以前总来我的微博找别人聊天？"

他说："跟你搭讪的人应该很多，我去搭讪，你不一定会理，所以就想先引起你的注意。"我笑他套路太多，一定是个情场老手。

暑假快到的时候我们两个通电话，他说："来丽江玩吧？"

我说："好啊。"

于是暑假刚开始我便迫不及待地飞到丽江了，想想那时候真是年少轻狂，可以说是被爱情冲昏了头。我一个平时连去超市都要人陪的人，第一次自己出行竟然是为了不靠谱的网恋，甚至都没想过对方是不是坏人、骗子。

时至今日我还能清晰地记起提完行李要出机场时，我突然慌了，我还不知道他到底长什么样呢，万一他特别丑或者嫌我丑呢，万一我们见面没得聊呢，万一他是骗我来云南贩毒卖淫呢，万一……正想着突然冒出一双手接过我的行李箱说："你来啦，我们走吧。"

一直到上了车，我们两个人都紧张得没再开口，各自戴着耳机，佯装镇定地听歌，场面一度陷入尴尬。

我鼓起勇气打破沉默说："丽江不太热啊。"

他被我突然开口吓一跳，想摘下耳机却手忙脚乱地把耳机从手机上拔开了，然后清了清嗓子说道："嗯，不热。"

话一说完我们俩又默契地陷入了沉默，我侧眼偷瞄见他耳朵里还塞着没有插到手机上的耳机，一本正经地在"听歌"，忍不住扭过头对着窗外憋笑。

后来他告诉我，他是被我面无表情、跷着二郎腿的样子给吓到了，还以为我见到他后悔了想要回家。

他一边掏钥匙开门一边说："你喜欢猫，我把家里能换的东西全换成了猫。"我一进门就被眼前的一切惊呆了，放眼望去，窗帘、沙发套、水杯、地毯，总之能想到的全是跟猫有关的，不由真心感叹"这也太丑了吧"。

我们两个人坐在沙发上又是一阵尴尬的沉默，我跷着腿抽着烟再次鼓起勇气打量他，运动鞋、牛仔裤、黑色T恤、黑色衬衫，白净的脸上恨不得写上四个大字："紧张局促"，不知道的还以为是他来我家做客了，我心想这么腼腆害羞可跟网上能说会道的他不一样啊。

他猛地回过神看着我说："完了！手机好像落出租车上了。"

我赶紧打电话过去，但已经关机了，起身要下楼去找车。

他叹气说："算了，车早走远了，关机就是已经被人拿到了。"顿了顿又说："没事，反正你都在身边了，我有没有手机也无所谓。"

到丽江的第三天是我18岁生日，正睡得迷迷糊糊，就见他推来一辆死飞车说："我看你在微博上说过喜欢死飞，特意配的是你爱吃的西瓜色，生日快乐！"

我感动之余还是忍不住感叹："这个'红配绿，赛狗屎'，丑死啦！"

我总笑他是审美黑洞，买东西丑就算了，不实用，还贵，还乐此不疲地爱买。因为这个我们吵过无数次，在经过身边朋友的一致否定后他终于妥协了，从此把挑东西的事情全部交给我，就连每天出门的衣着都必须喊我来搭。

尽管如此，他偶尔还是会忍不住背着我偷偷给自己买"丑贵"的东西，而且为了堵住我的唠叨，都会顺便给我买一份"丑贵的礼物"，也不知道这是从哪儿学来的臭毛病。

他知道我不能吃辣，喜欢老北京炸酱面，所以生日那天晚上亲自下厨，看着菜谱连蒙带猜地好不容易把炸酱面做出来了。我吹灭生日蜡烛，看着对面坐着一个真切的他，那一刻我大概是世界上最幸福的人了。

那是他第一次做炸酱面，味道、品相一般，厨房也被折腾个翻天覆地，不承想他这一做就做了好几年，后来老练得就像一个开了多年面馆的大厨。

我记得有一次他要回家一个月，临走前买了两个锅一样大的密封盒，做满了炸酱，又唠里唠叨地教我如何煮面、如何配菜。一个月后他回来了，酱桶也空了，而我胖了好几斤。

他问我是不是一天三顿都吃炸酱面，我摇头说不是，是一天六顿都吃炸酱面。

我爱吃西瓜，就当喝水一样，但是我不会挑好瓜，而且腰损没办法提重物，所以他就担起买瓜大任。到了夏天，他每晚都会提个大西瓜回来，挑的瓜个顶个地甜；冬天买不到瓜的时候，就买提拉米苏回来，以至于我至今回想起丽江就仿佛闻到了甜味儿。

大二下学期有一天晚上照例煲电话粥。

我说："我想你。"

You're the
love letter from this
world for me

他说："你来，我养你。"

我说："你敢说，我就敢做。"

他说："你敢做，我就敢说到做到。"

我干脆利落地办了退学，又筹划了几个月工作，然后就通知家人我要走了。

我先是飞到了昆明，他带我逛遍了这个他曾经生活过几年的城市，然后我们一起坐火车回丽江。我们安置好两个很大很大的行李箱，也就是我十几年来全部的家当，坐在卧铺车厢里一阵兴奋，然后我毫无预兆地哭了。因为一瞬间我突然有种"嫁为人妻"的感觉，这是我18年来做过最重要的决定和人生的转折，尽管明天依然是迷雾，可我有他了，我们就有家了。

朋友咖啡店里的猫生崽了，一窝花色奶猫中，唯独有一只是通体纯白、头顶黑色桃心，猫儿能吃又机灵，被我们抱了回来，猫随他姓殷，取名毛毛，以此致敬我远方家中名叫田蜜蜜的老猫。

我们一本正经地把出租屋刷了墙、换了家具，正式成为一家三口。

2012年12月21日，传闻中的世界末日，我们对此并没有太大的反应。那天一直互相抱着从早睡到晚，就连毛毛也在旁边睡得死死的，醒过来以后天还黑着，我们索性开了瓶洋酒对坐而饮。

我说："说好的世界末日呢，怎么没来？"

他说："你怕吗？"

我说："不怕，要死一起死呗。"

他说："爱到死，太好了。"

听朋友说古城里有排毛坯铺子招租，我们一合计干脆全部拿下来，一部分转租，一部分自己拿来做红酒坊。说到底终归是两个年轻人，没有家里支持，也没有稳定收入，付完房租和硬装，我们的口袋几乎一干二净。

装修工们做工不踏实，所以我们每天都要守在工地，从和泥铺地、砌墙、吊顶到跑市场淘古董，我们边学边自己动手，晚上拖着沉重的身子回到家，还要做设计图、挑设备……掰着手指头算怎么样更省钱、更实用、更好看。

写到这里，我停了有半个小时，删了写，写了删，突然很惭愧自己无法用文字贴切地描述出来那段日子，许是还有私心想把那段日子的记忆留给自己回味，不愿意分享出来吧。

毫不夸张地说，那时候是顶着委屈和苦累，面对所有人的鄙夷不屑过来的，每天只吃一顿饭，吃完这顿第二天的饭又没了着落，遇到过物流到了眼前，我们却付不起搬运费，能步行的时候绝对不会坐车，能一个人出门决不两个人出门，至少这样又能省下一张公交车票。无数个夜里彼此拥抱、叹气、怀疑当下，好在年轻气盛，觉得有爱就有希望。

磨破了嘴皮东借西凑，总算完成了酒吧最初的样子，正式营业那晚最后送走朋友们，我们两个留下摸着一砖一瓦忍不住高兴地哭出来，就像怀胎数月的孩子终于如意落生了，我们就这样喝着酒一直坐到了天亮。

红酒坊初期营业很不顺利，甚至转向经营过咖啡馆，最终才找到合适定位做酒吧，遇到过各式各样的人和五花八门的事情，好的坏的都有，也负债累累过，也红火一时、潇潇洒洒过。

后来我们有了更多拓展方向和自己的事业，有了第二只猫，有了房子，有了车，我们到处旅行，我们得到父母、朋友所有人的认可和羡慕，我们看起来什么都有了，我们规划好未来的一切。

却没想到，有一天我们会分手。

没有欺骗或背叛，也没有谁对谁错，只是我们曾以为两种极端性格能够互补相融，到头来却发现不仅不如愿，反而弄丢了自己，也把对方逼到了绝路。

在经过漫长的挽救后，两个人在一起还是只剩下眼泪。以爱的名义互相折磨，不如放彼此一马。

何其有幸，遇到你；何其不忍，遇到你。

我想起一部电影里说："某天，你无端想起一个人，他曾让你对明天有所期许，但是却完全没有出现在你的明天里。也有一个人，他会在往后的岁月中，给你更长久的幸福，虽然他不曾来过你的青春。"

我们对彼此而言正是前者，尽管很遗憾，可是却不后悔最终分开的选择。所以，祝我们都能早日遇到后者。

很抱歉你爱上了猫，做的炸酱面好吃到可以开私房菜馆，挑的西瓜个顶个的甜，还爱上了喝茶、听老歌，我却离开了。

很难过我们曾用了好几年的时间了解对方，现在又要用好几年的时间来把对方从自己的生活里剔除干净。

其实想说的话还有很多，罢了，知我如你，那些说过无数遍的话再翻来覆去也无味了。

You're the
love letter from this
world for me

一起走的路就到这儿吧，前路还漫漫。

你过得好，我比谁都开心，毕竟是爱过。

于深圳

2016 年 3 月 24 日

5

Chapter

Five

亲 爱 的

你

&

我在学习怎么去爱一个人。

从小家里就很冷清，所以夏天不开空调都凉快，家里不大但也不算小，一个人的时候说句话都能听到回音，那种空荡感像是放再多家具也填不满。

　　读书时候有一次回家过年，我趴在窗边看烟花，随手在脏了的玻璃上写了几个字，隔年再回家过年，发现去年的随手涂鸦竟然还在，当下鼻子就酸了。

　　要知道，在我的记忆里我妈是个有洁癖的人，小时候动她的东西，哪怕几厘米都能被发现，地上掉根头发也会被数落半天。除了工作，剩下的时间大概都是在归置收拾，而如今窗户都能脏上一年，显而易见是她的身体不允许她再有洁癖了。

　　恍然惊醒她已经退休在家，身材走形，头发半白，因为腰疾连日常生活都难以自顾。

　　可我的印象却还停留在她穿着笔挺的职业装，盘起头发对着镜子涂口红的样子。那时候我觉得她特别美，一度让我在同学面前很是自豪。

可现在，我妈老了，我只记得我已经长大，却忽略了她已经老了。

有一年搬家，我在仓库里翻出她多年前的旧物书籍，是一些织毛衣花式技巧、花草种植、实例烹饪、旅游画册等。书的年龄比我还大个十几岁，这些书仿佛在无声地诉说曾经有一个对家庭满心憧憬的女人，想要给孩子们织漂亮的毛衣，在满院花草的家里做着一日三餐，偶尔去旅游，看看风景，可现实并非如此。

我是跟着姥姥长大的小孩，所以童年关于我妈的记忆少之又少。回想起来，除了生疏客气的日常汇报，就剩下按时索要生活费，至于那个酗酒家暴的父亲，我提起来只有厌恶。

我曾问大我 10 岁的亲哥："你小时候，他们就这样吗？"

我哥说："嗯，一直这样。"

写到这里，我很想抑住眼泪去抱抱我妈，一个女人最美好的时光甚至是一辈子，都付给了无情的人渣。想一想同为女性，即便是有孩子，我也做不到这样隐忍伟大。

You're the
love letter from this
world for me

我向来是小病不断，大病常有，童年时除了躲避计划生育，辗转在城市和农村间，剩下的时间都在医院里度过，家人甚至调侃说我是在医院里长大的孩子。

刚上初中那年，我患上慢性阑尾炎，每天在床上疼得打滚儿，所有人都劝我去切掉阑尾，无非是个几十分钟的小手术而已，但青春期爱美的我却执拗着不肯，甚至还说出"让我手术除非先弄死我"的幼稚话。

我妈骗我走进写着"手术室"三个大字的地方，并且再三保证只是挂一瓶消炎液，我竟然信了。针扎进来，我眼前一黑，就没了记忆，再醒过来就是躺在床上，身体麻木不受控制，但又觉得哪儿都疼。看到被家人和医生围观着，才反应过来我是被骗做了手术，瞬间恼羞成怒，不顾手上的吊瓶和刀口撕裂，对所有人大喊大骂，把我这辈子所有会的脏话都一泄而出。虽然很没礼貌，可我当时真觉得我这辈子都要瘫在床上，再也站不起来了。

后来据我姥姥回忆，从我进手术室以后我妈就紧张得哭了，一直到护士将我从手术室推出来。据说还端着那一截新鲜的阑尾给我妈看了，我姥姥说："你妈心疼你，但她又胆小，一看那截肠子差点晕过去。"

再长大一些，我因为脊椎侧弯得厉害，自己在床上扭了腰动不得，实在瞒不住才叫我妈带我去了医院。医生拿着片子轻描淡写道："挺严重的，但不至于瘫痪。"

我妈听完，腿一软就跌坐在床边了。我知道她是很少会在外人面前失态的，所以看到她扭过身子偷偷抹泪的样子，我第一反应是后悔没把病继续瞒下去，我又让她操心了。

说到操心，我从小就是那种让所有人都头疼的孩子，总被同龄人告知"我妈／老师不让我跟你玩"。

在其他孩子还惶恐自己没有考到满分的年纪，我已经对考试不及格习以为常了。

在其他孩子还以天为计算单位，向家长索要零花钱的时候，我已经可以自己一次性支配整月的零花钱了。

我的同学朋友被要求每晚 7 点前必须回家，而我这个野孩子玩到 10 点钟回家，最多不过是被姥姥数落几句。

要知道这些现在看来细微得不值一提的小事，那时候放在大人

You're the
love letter from this
world for me

眼里，就可以把我看作不求上进或者智商有问题，并且家教不够谨慎的坏孩子，四舍五入约等于"这孩子一辈子已经废了""肯定考不上大学，找不到工作""以后谁敢娶回家""迟早要走歪路，蹲监狱的"……诸如此类轻而易举能够摧毁一个孩子心态的恶毒攻击还有很多。

我索性破罐子破摔，毕竟天王老子都管不住处在青春期叛逆的孩子。

时间久了，这些恶毒的话免不了会传到我家人的耳朵里，他们也开始对我紧张起来，骂也骂了，打也打了，甚至把我丢去军事化封闭管理的学校，但都没用。

至于迟到早退、抽烟喝酒、文身骂人、早恋、打架被开除这些坏孩子该有的行为，我一个也没落下。也许是为了报复所有人，也许是为了博取关注，总之那时候所有人都认准我这辈子是真的废了。

可我自己不这么想，自认为早熟的我，觉得自己做的每一件事都还在内心的标尺范围里，我始终是有底线的，清楚我能做什么、不能做什么，甚至我至今都这么想。

亲爱的你

所以我后来以专业课第一名上大学、自行退学、一个人跑去外地做小生意，衣锦还乡的时候，当初等着看我出丑的人们见了我都会躲着走，我猜他们是觉得被打脸太疼了。

可能在我妈心里，我青春期的叛逆形象实在是给她留下太深的阴影了，以至于现在我妈还是不放心我。

我当初说要去云南，我妈觉得我一定是被传销组织给骗了。

我说我开了一家酒吧，我妈觉得我一定是开始贩毒了。

后来我说要去广东发展，我妈千叮咛万嘱咐，告诉我卖淫是违法的。

再后来我说我是个网红，我妈就怀疑我是法制新闻里说的裸聊色情主播。别笑，这些话不是我开玩笑的，很认真严肃呢。

我来还原一下我跟我妈近几年的聊天模式：

我妈："多吃饭，多喝水，早点睡，保护好自己，别上当，别违法。"

我："好，放心吧。"

我妈："在干什么？吃饭了吗？吃的什么？降温谨防感冒！"

我："工作，吃了，面条，放心吧。"

You're the
love letter from this
world for me

我妈："看到你发的照片了，又瘦了，很心疼你。你还小，不要总是烫发化妆，那么爱美"。（而我姥姥却会夸我"漂亮年轻真好看"。）

我："修的，还是胖，不爱化妆，放心吧。"

我妈："你年龄不小了，不要乱花钱，现在应该开始攒钱做养老准备了。"

我："知道了。"

我妈："工作是否顺心？职场上要谦虚好学，不要怕辛苦和吃亏，经验才是最宝贵的。"

我："知道，放心吧。"

说到吃亏，我从小被家里灌输的思维是"吃亏是福，要学会忍让和谦虚"。

在我小学一年级的时候，家人送了我一张从大城市带回来的写字垫板，那个图案是全校独一无二的，让我骄傲不已，却被同班男生趁着课间休息的时候给偷走了，他甚至第二天还正大光明地炫耀出来，说是新买的。我上前争辩未果，哭着回家打电话向我妈告状，我清楚地记得我妈是如何回答我的："偷就偷了吧，你不要再去闹了，万一你被欺负了怎么办？人家都有爸爸撑腰，你没有。"

四年级的时候，学校流行抓石子，大家都是随便捡来五颗石子，我姥姥请工人在雕刻厂帮我用好石料打磨了五颗，我骄傲地爱若珍宝。不过历史总是惊人地相似，我的宝贝又被偷了，又被我抓了个现行，又争辩未果，我又去找我妈哭诉，我妈一边忙工作一边不耐烦地在电话里应付我："偷就偷了吧，你不要再去找他了，万一你被欺负了怎么办？人家都有爸爸撑腰，你没有。"

五年级的时候，六一儿童节前学校要求美术生交几幅作品，过审后能挂在墙上展出，那可是非常骄傲露脸的事情。我交了两幅自认为满意的作品，六一儿童节那天我果然在展览区里看到我的作品了，只不过是贴在六年级的位置，署名也不是我。我以为是老师弄错了便上前询问，老师特别温柔地安抚我说："那两个同学马上要毕业了，还没有作品被展览过，你明年还有机会，这次就让给他们吧。"我立刻平静地接受了这个事实，只不过自己回家偷偷哭了一场，我没告诉任何人，因为我知道就算说了，我妈还是会告诉我："偷就偷了吧，你不要再去找他了，万一你被欺负了怎么办？人家

You're the
love letter from this
world for me

都有爸爸撑腰，你没有。"

就是这句话深深地烙在我幼小的心灵里，改变了我一生的性格，让我成为一个懦弱自卑、胆小怕事的人。我处处吃亏，学会忍让，没了脾气。我不仅谦虚，甚至更把自己踩进了土壤里埋起来，因为我没有人撑腰，没有后路。

我曾经历过校园暴力五六年之久，从冷暴力到暴力，我被欺负后无处求助，因为成绩差，没有老师会在意我，因为长得丑，没有同学会理我，因为自卑内向，也交不到朋友，我至今还会梦到被社会上的女生堵在巷子里扇耳光的恐怖场景。我曾试着告诉我妈我在学校很不快乐，想要转学，我妈说转学需要很多钱，而且她没有人脉。可那时候在我看来，她就是不愿意帮我，我姥爷人脉那么广，也拿得出钱，只要她愿意开口就一定能办成，所以，她一定是不爱我。

于是我想要学电视剧里用自杀来了断痛苦，我想到平时家人教育我地摊卖的零食有毒，路边的花草也有毒。我选了一个傍晚，买了很多零食，拔了几簇花草，边哭边吃完了，当然啦，我吃完并没有死掉，只是拉了两天肚子。

高中的时候我曾短暂寄宿在我爸妈家，随着年龄长大我的智商也提高了，在又经历一些变故打击后，我决定再次自杀。我心想这次用水果刀割腕总该能成功吧，结果遗书都写好了却被我妈发现了，她抱着我哭了一天，然后请了假在家时刻盯着我，连我上厕所都要跟着，至于最后我为什么没死成呢，大概是因为我当时有个早恋对象每天在电话里劝我吧，说起这个就扯远了……

总之，当我成年以后意识到家庭对我人生造成的严重影响，曾怨恨过我妈，可后来又原谅了她，甚至心疼她，不可否认她是很爱我的，她已经在她的能力范围内给了我最好的一切，只不过无法给予我的那部分，她无意间用最不恰当的方式告知了我，她也有弱点和错误。我告诉自己只有选择原谅，才是接受过去、改变未来最好的办法。

大概是跟成长环境有关，我不愿意给别人添麻烦，自身的麻烦太多不想影响到别人，也没有感染别人正能量的能力，索性独来独往图个清静，久了就更孤僻不会与人相处。我总觉得活着已经很

You're the
love letter from this
world for me

累了，再与人交际就更累了。

从小缺乏安全感和认同感，导致我时刻处于极度自卑的状态，尽管我知道这种状况是病态的，可我只能尽量克制，努力掩饰。

我的这个性格家人们都不知道，也许是我隐藏得太好又独立得太早，他们对我一点都不了解，在他们眼里我还是那个幼时胆子大、爱笑的孩子，甚至觉得我能独挡一切。

我习惯了对家里报喜不报忧，抑或是只说结果不解释缘由，他们担心却也只能放任，因为他们知道我的性子——倔强又独立。我看到同龄人遇到问题，小到生活烦恼、工作变动，大到人生变故，总要第一时间跟家人商讨才能做出决定，还是蛮羡慕他们能有排忧解难、铺平前路的家人的，却又庆幸自己省了啰唆麻烦，无拘无束。

上小学的时候，姥姥家养了一只花猫，想来我就是从那时候一发不可收拾成为猫奴的，但是我妈怕猫，不敢摸也不敢靠近，甚至都不敢跟猫对视，每次过来都提前打电话，让我把猫关进卫生间。

后来猫老了，我去了外地读书，姥姥身体不好，没办法再照顾猫。我妈知道我和姥姥对猫感情深，舍不得送人，于是她鼓足勇气把猫接到了她家，担起了"铲屎大将军"的职责。好在猫老了不爱活动，性格也极温顺，平时除了喂食和铲屎，一人一猫共处一室也互不干扰。我央求我妈拍猫的照片给我，从远远拍一团黑球，进步到拍脸部特写，她努力了有小半年。

有一次，我在上课，收到我妈的短信说猫丢了，我当下站起来打报告说去厕所，实则直奔火车站了。没日没夜地在家附近找了两天，一遍遍喊猫的名字，直到扁桃体上火发不出声来，最后还是保安室打电话来问："你家是不是丢猫了？"我妈说"是。"保安说："猫跑到别人家里，被送到保安室了。你们赶紧来接吧，叫得我都快烦死了。"

后来，我妈说猫丢了，她都不敢打电话告诉我，只敢发短信通知我，当时想实在找不到，就去市场里买只相似的猫回来哄哄我。

还有一次，我妈问我，猫三四天不吃饭了是怎么回事，我回家带猫去医院做了检查，医生说没什么大问题，只是猫老了，没有精神，不想吃东西。晚上我抱着猫偷偷抹眼泪，大概是被我妈看到了吧。

她嘴上没说什么，可是那之后就织了一条绳子给猫套上，开始了人猫健身之路，每天上午带猫去天台上遛弯儿晒太阳。

说来也怪，虽然方法很笨，可是猫明显食欲增强了，也有精气神儿了，有时候玩得开心都不愿意回家。

后来，我去了丽江，养了毛毛，经常拍猫片发到朋友圈，我妈一一评论，"这白猫太丑了，还是我的老花猫好看"。

我打趣回复："这白猫不仅丑还胖，现在都十几斤了。"

不多时就接到我妈打来的电话，问："你那猫每天吃什么长胖的？为什么我这老花猫那么瘦？"

有一次突然接到我妈打来的电话，电话里她一直哭，我问她怎么了，她说突然觉得从小到大没能给我和我哥一个好的家庭，无论是情感上还是经济上，都太亏欠我们了。大概就是从那个时候，我开始想让自己变得很强、很有钱的吧，我想要保护她，给她最好的一切，抚平她这些年的委屈心伤。

我没告诉过任何人其实我小时候并不想学美术，而是想学武术，因为这样可以保护她。

如今我也算是出落得亭亭玉立，回头看小时候照片上又黑又丑的我，又羞又好笑。我问过我妈："我小时候那么丑还总闯祸，你为什么没扔了我？"

我妈笑着说："刚出生的时候，我看到确实吓了一跳。后来越看越好看，浓眉大眼，健健康康的，不图你多美、多出息，平平安安的，我就最开心了。"

我问我妈："我能不能一辈子不结婚？"

她问我："那老了连个互相照顾的伴儿都没有，怎么办？"

我说："趁年轻多赚钱，以后包养小白脸，老了去最好的养老院。"

我妈哭笑不得，一挥手说："随便你吧，只要健健康康平平安安的，过得开心就行。"

小时候我总羡慕我哥能够跟我妈以大人的方式交流，还怪我妈这是偏心，到后来猛然发现不知道从哪天起，我跟我妈也是以大人的方式在交流了，她会在我回家时炒上几个小菜接风，会在遇到问题的时候向我请教，也会听从我的建议，她开始需要我、依赖我。

而且我们好像心照不宣地在拉近彼此间的距离，像是要把以前自己犯过的错误慢慢弥补。

工作以后，我跟我妈说过："多锻炼身体，想吃什么就去吃，想去哪儿玩就去玩，喜欢就买，我给你钱，只要你不违法、不受骗，怎么高兴怎么来。你要学着有自己的生活，不要总是委屈自己为了别人而活。"

你慢点老，我在长大，在学如何去爱一个人了。

6

Chapter

Six

你 是 这 世 界
给 我 的 情 书

&

有生之年能和你遇见，

使我兴趣盎然。

你终于 23 岁了，离穿红内裤的本命年更近一步。

　　这个年纪是很尴尬的，青涩会被当成幼稚，成熟会被看成故作老态，而你呢，一边尽力保持真我，一边学着适应这个世界，真是辛苦啦。

　　今天也是你正式踏入职场的第 528 天，你曾经认为这辈子都不会与你相关的标签，如今在你身上竟丝毫没有违和感，"一线城市""白领""朝九晚五""社交生活"……

　　不知道该为你高兴还是难过，你离世界更近了，却离自己想要的生活更远了。你每天熬夜流泪，抽烟酗酒，不爱惜自己，总觉得走到哪天就是哪天吧，你虚度了年华空留下一身的疲惫，你看起来丑得不像个年轻人。

前天是周末，你睡到太阳落山才起床，你习惯性地倒满一杯酒，点上一支烟，然后打开手机，才发现那天是父亲节。你看着满屏幕的父亲节快乐，不但无动于衷，甚至还有点恶心。可是突然想到现在的你跟你最厌恶的那个人好像没什么区别，一样的浑浑噩噩、畏首畏尾，苟且过每一天。

你又陷入负面情绪，却又理智地告诉自己必须要做出改变，于是你出门去健身了。你最近都在健身，虽然减肥成效不大，但有人说你精神状态和皮肤都变好了，偶尔不用吃安眠药也能入睡了，希望这个好习惯被你保持下去。你一不留神就坚持了很久，又成为一个可以跟自己吹牛的事迹。

2017年快要结束了，你在今年没有任何大动静，说要学英语、学古琴、减肥、旅行，都没了下文。

不过，你今年又成熟了一些，学着收敛任性，稳重了不少。与此同时，你少了很多胆气，尽量不做出冲动的决定了，比如感情，比如事业。

这几年分分合合的感情几乎掏空了你，但很庆幸你并没有失望到将自己完全封闭起来，而是越发清晰地明了自己真正想要什么。

You're the
love letter from this
world for me

在经历过长达几年的失败感情后，你开始把完善自我放到第一位，而不是一味地企图依靠另一个人的出现来改变你的世界，你在向着那句"你是什么样的人，才能吸引到什么样的人"靠拢。

也许是狮子座的原因吧，你很容易承担责任，随着年龄的增长，你对自己有了更多物质要求。你认为有了物质，才有资格去谈情说爱，你不再相信"有情饮水饱"，因为你尝试过"贫贱夫妻百事哀"的滋味。

不想因为感情而降低生活品质，所以你的喜欢变得谨慎或者说变得物质了，你学着评估每段感情出现后对彼此的利弊，当弊大于利的时候，哪怕再喜欢，哪怕会遗憾，你也要逃走，你没了十七八岁时勇往直前的莽劲儿。

尽管你偶尔在酒后还会冲动地想：去他的现实，深情大过天。可是第二天醒来，还是要按部就班地履行着该有的轨迹，成年人的心碎没有明天要上班要紧。

总之，你遇到不少人，也错过不少人。

你开始怀疑这世界上到底有没有偶然的绝对的另一半，还是只要有心努力，每个人都能变成那个合适的另一半？

你一边说着爱情有聚终有散，一边却还是抱有侥幸，期许自己某天能遇到那个另一半，爱着爱着一不留神就过了很多年，爱到了死的那天，这样，也就完满了。

不知道 33 岁的你感情如何，想法依然如此吗？还是笑 23 岁的你幼稚造作，并且有了一套全新的感情观呢？

33 岁的你过得如何？

如果你能活到那天的话，希望你已经是一颗健康阳光的小太阳，你拥有敢做自己的自由，也有不轻易妥协的胆量，成为一个有能力给予的人。

也许你还是一个人生活，但已经活成自己喜欢的样子，有稳定满意的收入，开着喜欢的车，住在自己亲手设计的房子里。悟茶悟己，学会了古琴，也捡起了画笔，依然习惯运动。三两知己仍保持着亲密，即使分隔异地不常见面，也不用刻意维护。减少了抽烟的频率甚至戒掉了烟，有喝不尽的好酒不是为了深夜自饮，而是留在分享和庆祝的时刻。

也许你遇到了破雾而来的爱人，一个同你一样有资质抛开现实，只为精神交流的人，因为爱情而相伴，过着喜欢的生活，一起经历了很多，也规划好了未来；赤诚以待，依然保有热度和魅力，互相学习共同进步，磨合成独一无二、不可替代的另一半。即使偶尔吵闹，也是生活的调味品。看到年轻漂亮的女孩也许会打趣感慨，但从未动摇心底最重要的彼此。

无论如何，最重要的是毛毛依然还陪伴在你身边，如果没有算错的话，你33岁的时候，它15岁，毛毛的生日是2012年6月27日。你们初次见面的时候，它已经两三个月大，它躲在窗帘后面露出蓝色的大眼睛，谨慎又好奇地打量着你，在此之前你们只是每天通过视频互相了解。它正是对这个世界充满好奇的年纪，抓你咬你，留下了不少伤疤，乱拉乱尿把你气哭过无数次，生病意外把你吓到过几次。后来呢，你们非常熟了，它成长为一个坚强贴心又懂事的男子汉，能够自己安然无恙地乘飞机来找你，能够在你难过的时候蹭上来亲热安慰，能够每晚跟你手拉手睡觉，心情好的时候它还能把脸埋在你的手心里睡一会儿，甚至在你出差三四天的时候，自己在家也过得不错。

你最害怕虫子，每次都是它帮你活捉，然后等你用马桶冲走。它每天听到你开门的声音会眯着眼从床上跳下来迎接你，它也会每天早上迷迷糊糊蹭着你的腿目送你去上班，它是你的全部，它参与了你那么多年的难过和开心。

你把它当作好朋友，一个拥有独立思想，沟通不多却互相了解，彼此需要的好朋友。

我知道猫的寿命没有很长，可是我希望15岁的它和33岁的你依然在一起，最好还能继续在一起很久很久。

你的家人希望你能早日遇到幸福，甚至还抱有希望，觉得你会结婚生子。你总是严词拒绝，但心里终究是理解他们的心意，他们怕你一个人太孤单，怕你走的这条路太累，也怕你老来无子没人照顾，这些你都懂得。

这几年你从对家人报喜不报忧变成了避重就轻的倾诉，你也想他们能够稍微了解你，比如，你的感情、工作、生活，你想让他们可以放心，你已经长大了。

可你展现成熟的方式，还是停留在只会用物质去证明，尽管你在努力学着用言语表达爱意，仍是磨不开面子。其实你知道哪怕孩子到了七老八十，在父母眼里永远还是个孩子，所以你试着示弱去装作你仍然需要他们。

You're the love letter from this world for me

比如，你的毛衣脱线了，明明拿去楼下的干洗店就可以处理，却偏偏要寄给妈妈，你想让她觉得你还是需要她，她还是对你能够有所帮助的。

说起来，你们母女间的相处也是奇怪，你偷偷买礼物给她，她偷偷上网查价格，然后打钱给你；你在母亲节发红包给她，她原数退还并附言："谢谢你让我成为一名母亲。"

你认为表达爱意等于愿意给对方花钱，她却认为表达爱意等于不给对方的经济上添负担，你们固执起来的样子真是亲生的。

你在年少时曾想过"母亲"这个神圣的位置，到底属于生你的妈妈，还是养你的姥姥，后来你发现你对她们两个是同样的爱。都是不惜付出一切去守护，不怕受到伤害的那种爱。

她们也是你无数次想要放弃自己时的微弱光亮，你不想看她们失去心爱的孩子，因为你太了解这种感受了。

说到这里，不得不讲到 Z，你曾一度认为再也不会遇到这样好的挚友，你满腔真诚从来没有隐瞒和保留。

然而，她将永远 18 岁，你却不得不随着时间的年轮继续前行，你曾几年都无法面对她突然离开的事实，可是时间真的很神奇，它渐渐让你坦然接受了天人永隔的沟壑。

这是你第一次正式审视死亡这个问题，你告诫自己珍惜当下，认真对待所有情感，只为了万一失去的时候，能把遗憾降到最低。虽然敞开心扉于你而言是个困难，可是你要相信这将是个正确的决定。

23 岁的你认为这段经历是你一辈子都不能忘记的重中之重，可是现实地说，也许 33 岁的你对她记忆已经模糊，只记得你曾经历过一个悲痛的人生转折点，甚至在时间滤镜下美化了很多，刻意遗忘了很多，但是请答应我：记得永远在心里留一个重要的位置给她。

说到珍惜当下，就不得不提到你现在的好朋友们。你选择离开生活了几年的丽江来到深圳，一是因为要逃避上一段失败的爱情，二是因为你最好的朋友 L 在这里。L 是你的大学同学，也是 Z 的女友，你们从初见不和到臭味相投的过程相当奇幻有趣，你们的性格爱好甚至胃口和身高体重都惊人相似，你们在无数个深夜烂醉如泥，一起大笑一起痛哭。

后来，你认识了 H 和 M，H 与你初见不和，再见如故。M 与你性格互补，相映生辉，时隔多年你终于又交到好朋友了。有一次你在酒后写过这样一句话："她们是我收获的最意外的珍宝。"

当然啦，还要提一下少有联系的好友 S，她总能带给你无尽的包容和安全感。

33 岁的你们是否还像现在一样呢，有没有如愿变成富贵的姐妹花？

万一，我是说万一，你们已经因为种种原因而分道扬镳，我希望你永远不要忘记这时的真诚和快乐，你们曾在彼此最美好的 20 多岁里灿烂绽放。

23 岁的你极度缺乏安全感和认同感，你自卑又自傲，你容易情绪失控做出不计后果的决定，你没有归路，所以小心翼翼又自暴自弃、无所畏惧，你总将自己置于两个极端的对立面在内心博弈，你是个矛盾体，你的敌人只有自己。

你曾将一切感情的缺失归罪于家庭，但你渐渐接受先天的命运和后天的努力，开始学着接纳自己，学着爱自己。

过去的都过去了，刚好你记性也很差，能忘就忘了吧。不如拿出重生的勇气和全新的热情去试一试吧。

你已经是一个成年人了，有能力做出选择和改变，也理应承担后果和责任。

说起来 23 岁的你，经历过不少，但真正学到的还远远不够，你还是一事无成，无一精通。

你舔过蜜糖也尝过酸苦，你懒惰拖延、自卑自负、粗心又敏感、自制力极差，你善于为自己狡辩开脱责任，你不敢承认自己是个自私物质的人。

当然啦，你的好也有不少，但我不想在此提及，你就当作这是一篇自省书吧。

你总说不需要被了解，可还是写出了这些，我想这已经是开始改变的好苗头了。

33 岁的你看到这些话，也许会觉得粗糙混乱，甚至觉得这是想挖个坑埋起来的黑历史。请你一定要忍住，因为 33 岁的你还要写一篇自省书给 43 岁的你呢！

祝：24 岁的你，生日快乐！

祝：33 岁的我，爱自己，爱这个世界。 PS：生日快乐！

You're the love letter from this world for me

7

Chapter

Seven

都 是 故 事 ，
都 是 旧 途

&

我想慢慢喜欢你。

童年一毫克的阴影，

日后可能会转为成年人

一吨的自毁力。

我宽慰自己，能丑出特点，

丑到过目难忘，

也算是很有本事了。

所谓情话，就是你说了一些连自己

都不相信的话，却希望对方相信。

奇怪的人有很多，你只是奇怪中

很普通的那一个。

5 _{/127}

当你正在失去很多东西的时候，

最好的止损方式就是将自己销毁，

这样就不用面对失去的痛苦了。

6 _{/127}

在那个午后的阳光里，

我好像看到了天使，

直到被你发现我在盯着你看。

7 /127

如果破镜能重圆、覆水能收回、时

光能倒流，总该能等到你会爱我了吧？

8 /127

我这辈子只撒过一个谎，

就是我现在说的这句话。

9 /127

岁月轻狂，容我偷来时光与你重逢。

2012 年：等我死了，希望你帮我换上我最喜欢的那套衣服和鞋子，化妆时遮一下毛孔和黑眼圈。我要那盒红色的眼影，最爱的豆沙色口红，别忘了那对猫眼石耳环，记得给我一个玩具，比如我一直都不会玩的魔方，那玩意儿可够我钻研好久好久了。

2015 年：我又很认真严肃地想了一遍，别化妆了，衣服宽松舒适就行，留下的物件如果可以也都捐了吧，但还是要记得给我留一个魔方呀！

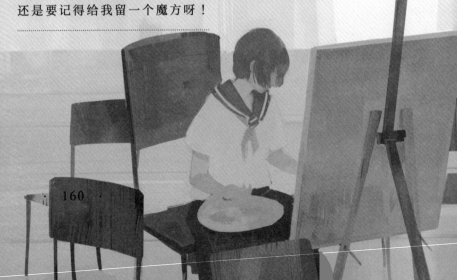

2016 年：随便吧，无所谓了。

2017 年：首先帮我把手机、电脑格式化，然后所有社交软件历史能删掉的统统删掉。猫交给最靠谱的朋友，顺便留一笔赡养费，其他财产尽快变现整合留给我妈，跟重要的人认真道别。我最喜欢那件黑衬衫，想要裸妆，喜欢的歌是 *Echoes of the Rainbow*，最喜欢抱着毛毛的那张照片，器官捐献。

2014 年：下辈子想做一辆车，这样就有千斤顶可以支撑我了。

2015 年：下辈子想做一头森林里的野猪，能保护自己又能随便吃不怕胖，每天闻着花香听着鸟叫，等待每一次雨后的清新。

2017 年：下辈子想做一只猫，很贵的品种猫，让人花钱买来舍不得轻易扔掉也舍不得打骂，吃最好的罐头，越胖越惹人爱，每天睡到自然醒，晒着太阳换个姿势继续睡，白天在你的腿上打呼噜，晚上在你的怀里打滚儿。

2018 年：下辈子随便吧，只想这辈子能被你爱着。

12

暗恋就是：她随口说一句话，

我立刻脑补出《辞海》那么厚的心情，

像300集狗血连续剧那么精彩。

13

爱很怪，什么都介意，

到最后却又什么都能原谅。

14

我将梦门敞开，

期待你的光临。

15

你熟睡的呼吸声是我的安眠曲，

忍不住想要把头埋进你的怀里，也许

再靠得紧一些，就能在梦里继续与你

相遇了，晚安。

我没特立独行的打算，

但也不想随波逐流，

唯一的标准是尽量高兴。

我站在河中央两难，

拆了来时的路凑不够到达的桥，

你要我等你，

我却等到自己学会游泳，不再需要你了。

有时候逼着自己站起来的理由只是承载了太多人的期望，不敢轻易辜负。我说我很累，他们说你怎么会累呢？我说我想放弃，他们说那我们怎么办？

19
/127

当我说"我爱你"的时候，

相比"我也爱你"，我更希望听到的

是"我更爱你"。

20

每次盯着你看的时候，

我的眼睛是一台相机，

脑子是容量 + ∞ 大的内存条。

21

能想到最浪漫的事儿，

就是在你熟睡的时候我拥抱你，

而你下意识地回抱住我。

有特别多想对你说的话，像小石头

争先恐后要从我嘴里蹦出来一样，咬牙

吞回去，硌得生疼，眼泪不断，别人问

我怎么了，我说没事，感冒在憋咳嗽，

可是，咳嗽和想你，都不受控制。

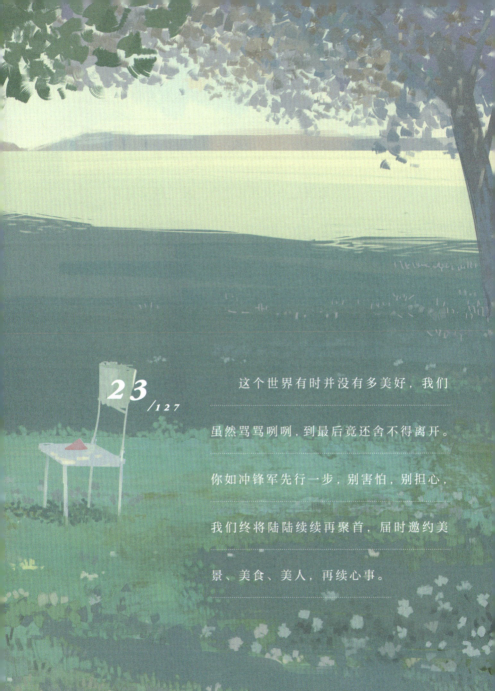

这个世界有时并没有多美好，我们

虽然骂骂咧咧，到最后竟还舍不得离开。

你如冲锋军先行一步，别害怕，别担心，

我们终将陆陆续续再聚首，届时邀约美

景、美食、美人，再续心事。

深夜里想起来很多本该有你参与

的日子，你却失了约，可是我没理由

责怪，也没理由生气，除了接受事实，

只能任由遗憾和思念将我侵蚀。

25
/127

舍不得睡，怕梦里没有你；

舍不得醒，怕醒来依然没有你。

26
/127

让你要死要活的有时候不一定是

爱人，可能是路人或仇人，但想让你

长命百岁舍不得分开的，一定是爱人。

我始终认为每个人生来一定会有一个跟

自己绝佳的另一半，两个人拼在一起才是完

整。在此之前经历的一切爱恨离愁都是为了

修剪你身上的杂枝乱叶，好让你最终能以最

美的状态去迎接那个另一半。

如果世界上所有人的思维是统一的批量生产，那我宁愿没来过这个世界，就好比我不相信因为有十二个星座，就只有十二种性格。

你的社交软件没有更新，我所知道唯一与你有关的信息，是每天的天气预报告诉我，你那里是晴天还是雨天。

不等了，当我突然发现我的

生活轨道离你越来越远，却又束

手无策，无法让这个巨大的滚轮

停下时，我只好甩去眼泪策马扬

鞭，然后，一遍遍祈愿新的人生

早日冲刷掉关于你的一切。

别人对我千刀万枪，我都可以毫

发无损并且反击回去，可对你不一样。

你就是我的软肋，你刀刀戳到痛点，

让我疼得跳脚，还舍不得回击。你知

道的，伤害你就是伤害我自己。

一想到将与你共度余生，

每一天都开心得像新生般值得期待。

一个社交心得：K歌的时候不要

轻易抢别人的歌，哪怕合唱都不合适。

你不知道这首歌是否在对方心里有特

殊意义，对于一个原则性强或者敏感

的人来说，被抢歌等同于出门踩了狗

屎。PS：自己实在也很爱这首歌，分

场合来决定放弃或者重唱。

孤独就是当你置身于人群中，

却发现无话可说，无枝可依。

思念这玩意儿太邪乎了，明明是

自己的身体，却不受自己控制，愈演

愈烈，就像一壶不起眼的醇酒，起初

几口觉得没事儿，发现有事儿的时候

却已经醉倒了。

我没能将你忘记，只不过时间怜悯，

赠予我一件外套遮体，不至于狼狈。

37 /127 做无数件好事，人们都忘了，做一件坏事，

却偏偏能被记住；说无数遍我爱你，你都不在意，

逞强说一句"我不爱你了"，你偏偏就信了。

38 /127 不是所有爱情都一定要有幸福的结局，感情

一开始时都完美无瑕，没几个人能挨过深入了解，

留下未开花结果的遗憾，也是一种浪漫。

39 /127 你一定是特别爱我吧？不然为什么总是贴心

地不来打扰我的生活呢？

我的脑子总想欺骗我的身体，比如生理期想偷吃冰激凌以为不会被发现，比如洗完澡就认为瘦了两斤，比如生病的我就像林黛玉一样美。

有时候其实已经睡醒了，只是舍不得好不容易找到的舒服的姿势，所以才赖床，真的不怪我。

42 /127

我们仿佛开始的时候说尽了世间的话，

以致后来默契地玩起了比比谁

更沉默的游戏。

43 /127

我唯一具备的女性特征，

除了每个月的生理期，

还有一颗永远想着要减肥的心。

44 /127

"什么时候最能学到东西？"

"丢人的时候。"

我没赖床，是因为在梦里

舍不得跟你说再见。

那时候的合照真是少之又少，

每天在一起，总觉得日子还长着呢，

要说的话还多着呢，

什么都可以拖，什么都不着急，

后来啊，

急哭了，喊哑了，却也于事无补了。

一般女生分手时说的"我希望你能

过得很好"，确切的意思是：希望你能

过得很好，这样说明我当初没有瞎了眼，

这样我也不会太愧疚。然而，过得好的

标准，是不能比我好。

滂沱的雨夜，欢庆的节日，

只会让幸福的人更幸福，

孤独的人更孤独。

49

能让我放下手机的理由，

只有你在我身边。

50

喜欢上一个人的时候，想发信息

给他，又不知道他有没有看手机，会

不会回复，于是频繁更新动态，想让

他知道："我在呢，你快跟我说话

吧。""我发了这么多好玩的东西，

总能有一个戳到你，然后我们就有话

可聊了吧。"

不知道你们有没有过那种感觉？

真切地听见心里"啪"的一声破碎，

明明感觉到惊天动地的轰响，可眼前

一切却凝固静止了，那短短几秒钟的

时间被拉长到无限大。

其实我知道我们都还会遇到幸福

的，只是一想到那幸福不是你和我，

就觉得也没多期待了。

你知道的，哪怕此刻电闪雷鸣、

风雨倾城，可明天一早天还会亮，太

阳还会升起，与往日没有不同，而你

却已经收获了独特的经历和成长，所

以，开心点都会好的。

一切能够逃离人群而又不会寂寞

到害怕的事情我都喜欢。

倾若有天再见面，三分熟络，四

分了解，不尴不尬，还能笑对过往，

这大概是最好的。

你说你喜欢橙子，于是我买了一

筐橙子给你，你却告诉我，你只是喜

欢看他吃橙子。

喜欢一个博主原因有很多，也许是她总能说出

你想说却说不出的话，也许你们的"三观"言行相

似，也许她的生活状态是你向往的，也许她推荐的

东西比较适合你，也许她总能带给你能量或笑点，

也许你只是单纯觉得她很好看。总之，微博这么大，

能遇到你，太好了。

58

后来我想起来的不是你，而是那个闷着头勇于付出的自己，那个心里被另一个人塞满拥有甜蜜心事的自己，人潮拥挤、车来车往的街头想到心里那个人就能突然地微笑的自己。

59

大家都是女人，为什么就不懂呢？自己喜欢的东西根本不愿意告诉别人是什么牌子，在哪里买的，生怕买得多了会撞衫，撞多了会变成爆款。不过也看跟谁分享吧，因为撞衫不可怕，谁丑谁尴尬，只有你丑了才能衬托出我美。

我希望被你需要，在你想找人说

话的时候，在你失眠的时候，在你委

屈难过的时候，在你开心想要分享的

时候，在你看到这段话的时候。

我希望我能在你心里引起波澜，

哪怕是像石头掷入大海带起的一丝涟

漪；我希望我能被你想起，哪怕是像

夏天下雪、冬天下雨那样罕见的概率。

我向来自视为一个粗人，

直到爱上你，才发现我也可以是诗人。

恨不得把天底下最好听的情话都说给你听，带你重温所有我看过的美景，陪你吃遍你爱吃的美食，共同探索未知的风景和喜怒哀乐，然后在某天突然惊醒，我们已经在一起过了大半辈子了，却还爱得意犹未尽，一如当初。

64
/127

你是我心底的净土，是我不忍打扰的美好，也是我不敢触碰的敬畏。

我越靠近你，越是厌恶自己，就连默默地爱你都生怕你觉得被冒犯了。

65
/127

或许我无法帮你打开心结，抚慰不了你的伤痛和不安，也无法缓解你的处境，但我在，我可以讲几个我的糗事和心殇，陪你看电影、听歌、看书、喝酒，什么事都可以，只要我对你来说还有存在的意义。

让我最难过的不是我去做我

不喜欢的事情，而是我发现即使

做自己不喜欢的事情，也没有很

难过，当发现自己在被世界同化

和侵蚀时最无望了。

有些女孩在微博活得太没有隐私了，翻一遍她的微博就能了解完。是什么星座，喜欢什么颜色，喜欢什么风格的妆扮，喜欢哪个明星，最好的朋友是谁，经常喝哪种饮品，喜欢吃什么食物，喜欢什么动物，今天心情如何，最近有什么大事件发生，生日想要什么礼物，想要去哪里旅游，甚至连未来的婚纱和婚礼地点都能知道。

总有那么一两首歌，平时不敢听，

在街上听到能绕开就绕开。可是在酒

后一个人的夜里，单是划过歌名，眼

眶就酸涩了，也许那首歌已经无法真

切地表达心情，可我仍记得在这首歌

里你曾存在过。

我爱秋天黄昏的云和冬天能被围裹的安全

感，我爱黎明充满生机的空气，也爱夜晚温柔

的宁静，但我最爱你。

以为已经习惯了一个人，可是偶

遇第二杯半价的饮品，热闹的火锅店，

停电断网的夜，一个人点外卖凑不够

起送价，雷雨交加的周末，想要分享

的事物，冬天冰冷的被窝，心里还是

会泛起涟漪：如果是两个人就好了。

我的自制力有多差呢？

克制不住半夜吃东西，克制不住熬夜，

克制不住抽烟喝酒，

最克制不住的是想你。

对于女人来讲，

每一天都是减肥

的第一天。

希望等我老了以后，

能什么都不在乎地想吃就放开吃，

还要理直气壮地告诉自己：

"我美了一辈子，有这么多钱，现在

当然想吃什么就吃什么啦！"

你的名字散发着独一无二的光芒，

你的眼眸里漾着一汪清湖令我深陷，

每一个能看到你的日子，

都是让我欢喜雀跃的节日。

这几年船头曾掉转过很多方向，但临行时的初心和要到达的目的地依旧未改。回头看来时的路，不免感谢当初的自己，幸好没有倒下，幸好熬过来了，哪怕踏过荆棘没能寻出大路，但至少未来的路我再不畏惧荆棘，哪怕我还是无法硬气地走出每一步，但至少我有心，想去未来看看了。

一个男性朋友跟我说："其实女生话中有话的小心思我都懂，我要是真喜欢她，就会立刻去行动；要是一般喜欢，就装作没听出来。"

今天跟一台机器人聊天，它只会唱一首歌，我说你也太笨了吧，它说那都是因为你啊，我问它为什么，它说："因为喜欢上一个人就会变笨啊。"败了败了，我这个老阿姨竟然被一个自称三岁的机器人给撩了。

78 /127 　就算到了80岁，只要一听周杰伦

的歌，闭上双眼仿佛又回到了悸动脑膜

的初恋年纪。

79 /127 　能想到最好的友情大概就是如果我

哪天遇到难坎，我知道你愿意倾囊相救，

而你也了解我不会舍得让你一无所有。

你说你完了，可能是陷进去了，因

为那个人随口一句话，你总是马上去查

阅熟知，只为能多一个聊天的机会。再

平淡的事情只要从那个人嘴里说出来，

都变得异常有趣。你说你恨不得把自己

生活中所有的美好分享给那个人，你说

你开始留意到天空的云其实很美，路边

的花草也绽放得正好。

照片也好，聊天记录

也好，从一开始心里就清

楚这个人总会离开的，舍

不得删不是为了纪念，而

是为了留着怀念。

舍不得删除的照片和聊天记录，

就留着吧，因为时间总会抚平伤口的。

总有一天你会轻松笑着回味完，然后

点了删除，只是想顺手清理一下手机

的内存。

总要给自己找点盼头，人也好，

事情也罢，不然没办法熬过重复而枯

燥的日子。

84 /127

年纪轻轻，体重倒是不轻；

余额不多，想买的倒是不少。

85 /127

喜欢雨天，感觉时间被拉长，全世界都放慢了脚步，跟爱人或知己窝在家里喝上几杯御寒酒，聊天、听歌、看部电影，晃晃悠悠一天就过去了。

已经迫不及待地迎接冬天了，穿

上舒服柔软的毛衣，厚重又安全感满

满的外套，戴上中意很久的帽子，围

上围巾，走在咯吱咯吱的雪地里，吸

着鼻子满心欢喜地去火锅店见你。

我讨厌雨天，可自从在雨天认识你，

我突然觉得雨天挺好的，如果每天都下雨就更好了。

爱买书，偏爱纸质书的氛围，买的都是些觉得

自己会喜欢的书。但买回来就没心情看而搁置了，

很多甚至放了一两年塑料包封还没拆，数次发誓不

看完现在的书就再也不买新书了，但看到有趣的简

介还是忍不住买下来，一边安慰自己反正书又不会

自己长腿跑掉，等我有心情了一次就能看完。为了

克服这个问题，我把家里每个角落都放了书，方便

自己随时有心情了拿起来翻翻，结果发现很多地方

放本书当作置物架挺方便的……

在爱里一起听过的歌，走过的路，后来轻易不敢触及，否则就像自己即将要去远行，打包好了所有物品，行李箱却突然裂开了，又气又无助，累到发不出脾气。虽然心里知道必须要收拾好继续赶路，可是当下委屈得只想大哭一场。

你不用在我面前局促不安，因为我爱的是真实的你、全部的你。正是因为你有不同才是你，我要爱完美，不如去看童话。

翻出一段曾经写给自己的话：希望

在 20 岁的时候尽情张扬独立不留遗憾，

希望在 30 岁的时候自信妩媚不用被面

包左右，希望在 40 岁的时候优雅温婉

不被世俗同化，希望在 50 岁、60 岁、

70 岁、80 岁的时候依然活着、健康着、

笑着。

92

那首反复听的歌不一定是因为我有多喜欢，只因为歌曲是你推荐的，哪怕是单方面能跟你拉近距离，就已经很开心了。

93

以前总怀疑爱一个人一定会有私心，但现在觉得真喜欢一个人是没有私心的，哪怕知道没有结果，只要对方因为自己而微笑，整个世界都明朗了。明知道我不是你的终点，能做一个让你记忆深刻的中转站也知足了。

94 /127

周末的傍晚，拉上窗帘不开灯，

一个人在房间里，放首小曲儿，感觉

全世界只剩自己了。

95 /127

我每天都有很多小心情想要跟你

分享，大概有86400条信息那么多。

96 /127

时间还有一种功能，就是把

不合适的人渐渐剔除掉，留下喜

欢的同路人。

我以前是很讨厌拥抱的，总感觉

虚头巴脑的，现在越来越觉得有时候

一个拥抱胜过千言万语。比如后来我

也幻想过很多次，如果还能见到你，

微笑抑或眼泪已无法表达我的情绪，

唯有死死地拥抱住，生怕你再离开。

趁着喝多想了一下，我觉得最

好的分手方式：两个人喝着酒彻夜

促膝，从相识到结束，捋完这遍就

把记忆打包封箱，实在塞不进去的，

索性留给时间冲淡。

一直喝到尽兴但不会失态，天亮时拥抱一下，

说句拜拜，就头也不回地潇洒离开，各自回家睡觉。

醒过来拉黑删除一切，并不是想否认对方存在过的

痕迹，而是为了去迎接明天。

再苦再难过，也不打扰对方生活，好好爱自己。

毕竟爱过一场，没有爱了也不至于哭爹骂娘、

深仇大恨。你过得好，我可能真心给不出祝福；你

过得差，我也不会去踩，此后江湖不过是路人。

日后想起对方，只一句"无悔，无愧，谢谢"！

难以抑制的眼泪，

大概是因为深不见底，

却又似一眼望穿的黑暗，

是悔恨莫及的昨天，

是束手无策的今天，

也是未知惶恐的明天，

是绝望无力的每分每秒。

一年大概想你四次，

春夏秋冬里，你的每个样子我都爱。

童年的夏天，没有空调和Wi-Fi，放学后互相抄作业赶时间去看动画片，头顶总是担心会掉下来的电风扇一直转个不停，窗外蝉鸣和鸟叫声把人催得昏昏欲睡。

大人们坐在家门口一边吃西瓜聊着家长里短，一边挥动蒲扇驱赶着蚊虫，傍晚的空气里除了花露水的味道，还有邻家姐姐刚洗完澡的发香。

午睡醒来在凉席上睡出的印子总是很好笑，满大街到处都播放着周杰伦的《七里香》，我们体育课躲在树荫里啃冰棍儿纳凉，小心翼翼地聊着哪科老师很凶，哪个班有漂亮女生、帅气男孩，暗恋的那个人今天做了什么事情，暑假什么时候来……

那时候的我们非常快乐，一根皮筋、几颗弹珠就能玩一天，不知道孤独和焦虑，做梦都想着快点长大好去外面的世界看一看。

我不会忘记你，带着记忆穿越浩瀚岁月的烟尘，熬过寒冷孤独的冬季和平淡无味的春夏秋月，跨越漫长的天人之路，倘若有一天 80 岁的我再次梦到你，我还是 18 岁。

103 /127

手机里安装了很多不常用的 App，平时想不起来就任它留着，可是它一推送通知，我就想起来要将它卸载了，很多人际关系也是同理。

我喜欢你，如果你不喜欢我，请

一定要坦白地告诉我，就像玩游戏我

邀请你，如果你不想跟我玩或者不方

便玩，就点拒绝，好让我知道不用再

等你了。

喜欢下雨天，听到打雷就会兴奋开心，最好是倾盆大雨天都黑下来，像是全世界都被停滞了，理直气壮地赖在被窝里听着催眠的雨声呼呼大睡。

想要被保护是天生的，想保护你也是真心的。

一入夏就明白胖子为什么会胖

了，瘦子们因为天气闷热而没有胃

口，但我们胖子丝毫不受影响，天

气热要吃、天气冷要吃、心情不好

要吃、心情好要吃、失恋了要吃、

热恋要吃、累了要吃，困要吃、生

病了也依旧不影响胃口呢。

攒了很多的甜言蜜语和亲亲抱抱想在见到你的时候一股脑儿地全部抛给你，可是一见到你，我只会笨手笨脚羞臊地挠头。

谈恋爱是本来一个人好好的，突然多了一个牵绊和软肋，多了幸福和希望，也多了担忧和争吵；当爱情来敲门的时候，在悸动和迟疑之间，心里有个声音说："是你吧？让我等了那么久的你。"

110

我因为感情伤心过，难过过，无

法自拔过，但是即便如此，遇到你还

是想再试一次。

111

来日方长，虽然我一个人也可以，

但是如果能有你，最好。

112

我总在辗转反侧的夜里想起你，

唯一的你，如果可以，我愿你前途似

锦、幸福安康，偶尔想到我能提起嘴

角，毕竟，笑起来的你最美。

不知道这算不算为"母"则强，我其实特别害怕虫子，而且从来不会亲手杀生，尤其是来到广东以后我觉得我要被小虫子吓死了。有一天家里突然出现一只虫子，我跟猫都吓傻了，它想上前凑近看看，我怕虫子跳到它身上，一咬牙用纸巾拍死了虫子，其实我也害怕极了，但一想到要保护我的猫，就什么都不怕了。

你们小时候吃过槐花吗？我记得那

时候北方这个季节就可以上树够槐花

了，刚压上来的井水冰冰凉泡上一串串

的槐花，吃完嘴里的清新能回味好半天。

那时候还没上学，姥姥在胡同尽头给我

绑了个能躺着的秋千，玩累了闭上眼闻

着槐花香，睡了一觉又一觉还不到天黑，

感觉一天可真长啊！

　　梦到我的猫会说话了，它说："这

世上有那么多猫，那么多白猫，那么

多头顶黑毛的白猫，可你偏偏遇到了

我。既然你那么喜欢我，那我就努力

吃饱喝好做一只健康的猫，这样就能

多陪你好些年。"

一到深夜，大家都在分享音乐，与其说是分享音乐，

不如说是把隐晦的心事说给唯一能读懂的那个人 。

我之所以不能瘦，除了真的爱吃

和吃很多，还有一个重要的原因，我

怕我减肥瘦下来还是丑，到时候连慰

藉自己"没关系，你丑是因为胖"的

资格都没有了。

其实女生还是需要经常被夸赞和认可的，不管是来自亲人、爱人还是朋友，哪怕是你随口一句赞美的话。你不知道这对敏感的人是多大的宽慰，毫不夸张地说，一天的心情都能被这一句赞美给点亮。

我好想你，不是突如其来的思念，是渗透进生活和日常每分每秒的想念，可是连问候都无从说起，找不到任何理由。

我有那么多发自肺腑情深而至的真

心话，可是，可是见到你以后，我除了

傻笑和紧紧拥抱，想不到其他的表达方

式了。我以为我们是来日方长，却未料

到连一句再见都没有，就草草分开了。

121

难过之所以叫难过，是因为难的都会过去，一觉醒来还会好的，至少太阳还会照常升起。

122

佩服那种几个月甚至几年都不更新任何社交软件的人，也太厉害了吧，我就不行，总得找个地方发泄刷屏什么的，一般情况下我在一个社交平台沉默时，大概是因为正在另一个平台或者另一个 ID 疯狂话痨呢。

喜欢你就像天空和大海的差距，因为不同，所以被吸引着，你越是沉默，越是让我好奇着迷。

你要接受这世上是有分离的，谁

离开谁都能继续活下去。当爱情已经

成为一种负累，道别就是最好的重生。

再浓烈真挚的爱，也会输给凉薄的现

实或无止境的等待。

我的猫趁我睡觉时写了一段话给我："你知道吧，我是个很高冷、不擅长表达的爷们儿，可是我想要每天跟你一起睡到天昏地暗，睡前靠着你，给你安全感，等你睡着了，再偷偷把脸埋在你的手心里，守在浴室门口等你洗澡，拍死你害怕的小虫子，你不在家的时候，我就趴在窗户上望啊等啊，但你在的时候，我又开心得不知道怎样表示，在地上打滚儿，躲在墙角吓你、咬你，或是安静地看着你，这都是在说我爱你。"

126

只要是你，诗情画意或是柴米油盐，我都可以，只要是你就好。

127

说出来你可能不信，在遇到你以前，我也是个骄傲得不可一世且被人珍惜着的宝贝呢！